Uma Noite de Natal

crônicas, minicontos e poesias

organização Lura Editorial

Uma Noite de Natal

crônicas, minicontos e poesias

organização Lura Editorial

Editor
Roger Conovalov

Coordenação editorial
Stéfano Stella

Projeto Gráfico e Diagramação
André Barbosa

Capa
Allora Artes

Preparação
Aline Assone Conovalov
Débora Barbosa

Revisão
Gabriela Peres

Dados Internacionais de Catalogação na Publicação (CIP)
(Câmara Brasileira do Livro, SP, Brasil)

Uma noite de Natal / organização Lura Editorial. -- 1. ed. -- São Caetano do Sul, SP : Lura Editorial, 2023.
192 p.

Vários autores
ISBN 978-65-5478-134-3

1. Ficção 2. Contos 3. Poesia 4. Antologia I. Editorial, Lura.

CDD: B869.3

1. Ficção : Antologia : Literatura brasileira
B869.3

[2023]
Lura Editorial
Rua Manoel Coelho, 500, sala 710, Centro
09510-111 - São Paulo - SP - Brasil
www.luraeditorial.com.br

"A humanidade é uma grande, uma imensa família... Isso é provado pelo que sentimos em nossos corações no Natal."

Papa João XXIII

Apresentação

Bem-vindos a uma noite mágica, onde os corações se aquecem com amor e gratidão e a união permeia o ar com a esperança do Natal.

Em *Uma Noite de Natal*, a sexta edição de contos natalinos da Lura, convidamos você a se encantar com histórias que capturam a essência dessa data tão especial.

Nesta obra, construímos uma ponte entre as memórias e as emoções compartilhadas por cada autor. Com talentosos escritores de todas as partes do Brasil, embarcamos em uma jornada cujo destino é a celebração do espírito natalino.

São escritores de todas as idades que compartilham suas lembranças de uma Noite de Natal única, cheia de momentos especiais e experiências tão tocantes que nos transportam para o passado, revivendo as alegrias dessa mágica celebração.

Em meio às páginas deste livro, você encontrará histórias que vão fazer você sorrir, rir ou chorar de emoção.

Se você já sentiu a alegria de desembrulhar presentes com a família e amigos, ou se emocionou com um gesto de amor ou se divertiu com as trapalhadas típicas dessa data, prepare-se para reviver esses momentos nesta coletânea de contos encantadores. Afinal, o Natal é uma época de renovar laços familiares, compartilhar sorrisos e construir lembranças que durarão para sempre.

Em *Uma Noite de Natal*, as palavras saltam das páginas e ganham vida própria, envolvendo-nos em uma atmosfera natalina cheia de magia e esperança.

Você está prestes a fazer parte dessa experiência única. Venha conosco e permita que essas histórias despertem em você a criança que se encanta com as maravilhas dessa época tão especial.

Prepare-se para embarcar nesta viagem literária emocionante e celebrar com a gente a magia de *Uma Noite de Natal!*

Sumário

A SEGUNDA VIDA DE JOCA

Alice Reis

O motorista avança mais um sinal vermelho, o terceiro desde que passamos pelo túnel. Deve ter pressa para chegar em casa, imagino. Eu não tenho. Tive pressa a vida inteira, mas hoje quero que o tempo pare. Me pergunto se o motorista sonhava com este emprego quando ouvia dos adultos: "O que você quer ser quando crescer?", se brincava com ônibus em miniatura na infância. O descaso com a segurança no trânsito sugere que não. Eu? Eu sempre respondia o que os adultos queriam ouvir — "médico", "bombeiro", "advogado" — até descobrir o meu propósito na noite de 29 de novembro de 1973.

— Quem lhe falou isso? — Vovó não desviava o olhar da TV, não antes de rolarem os créditos da novela. Eram 20h35.

— A senhora mentiu para mim ou não?

Ela arregalou os olhos e, finalmente, pareceu me notar. Talvez pela acusação de ser mentirosa, ou pelas lágrimas que corriam pelo meu rosto, ou por eu estar de pé entre ela e Tarcísio Meira. Aos nove anos, eu não costumava ser o tipo de criança que faria qualquer uma dessas coisas, mas não tive escolha.

Tum! Um buraco no asfalto da rua Barata Ribeiro me traz de volta ao ônibus num solavanco, bem a tempo de solicitar a parada no ponto perto de casa. O motorista freia pela primeira vez em 19 quarteirões, *pelo amor de Deus*.

Carrego a mala em uma das mãos e ando por uma Copacabana desértica. Vozes incompreensíveis escapam através de janelas abertas e coloridas. E, se quer saber a minha opinião, faz tanto calor que seria mais apropriado se Rudolph fosse um camelo a esta altura. Consigo avistar a minha própria janela daqui: silenciosa, escura e certamente quente. Aposto que Soraya dorme enquanto me espera para o jantar.

— Menti, querido — ouço Vovó na minha cabeça, como se ainda estivéssemos em 1973. — Agora saia da frente da TV.

Cresci e comecei a trabalhar num escritório de contabilidade, ali perto da rua Santa Clara. Em 1992, durante um intervalo para café e biscoitos, entreouvi a secretária comentar com um colega de meia-idade sobre um bico. O bico era na filial da Casa Sloper que o marido dela gerenciava, na esquina da rua Raimundo Corrêa. "No período em que o nosso escritório estará em recesso", ela completou. Todos sabiam que a Sloper, a grande loja de departamentos, andava mal das pernas naquele ano. *Boa ideia para atrair clientela*, pensei.

— Eu tenho interesse, sra. Hilda — tomei coragem para anunciar ao lhe entregar o relatório de contabilidade no fim do dia. — Digo, no bico. Na Sloper.

— Deixe de ser bobo — riu Hilda. E não parou: — Olhe para você, garoto!

Eu não era um garoto. Já tinha 28 anos na época. Era esguio, com cabelos louros e alguns pelos no rosto. Certo, entendia o que Hilda queria dizer, apesar de considerar a sua risada um tanto alta demais. Joguei fora a minha navalha de barbear e nunca mais recusei biscoitos nos intervalos do escritório de contabilidade, até o dia em que me aposentei, no mês passado.

Foi Lígia, uma atriz nascida em 2001 que trabalha como garçonete na cafeteria na avenida Nossa Senhora de Copacabana, que recomendou que eu fosse à agência de modelos. "É assim que funciona agora", disse, e anotou o endereço no meu celular. Quando cheguei ao sexto andar do edifício na avenida Presidente Vargas, no centro do Rio, tinham acabado de receber a notícia: o seu velho funcionário havia morrido.

— Obra do destino! — Palavras do agente, não minhas, mas eu concordo. De barba branca e bem alimentado pelos biscoitos extras que Lígia garante na cafeteria (baunilha, meus favoritos), eu era mesmo o substituto ideal. Logo assinei o contrato para a temporada num shopping em Botafogo.

Foi o dia mais feliz da minha vida, seguido pelas semanas mais felizes da minha vida. Vesti o uniforme vermelho aveludado e ouvi o pedido de cada criança que esteve lá: Barbie, skate, videogame e até pudim. Todos foram anotados num pedaço de papel para que Lígia (ah, me esqueci de comentar que Lígia conseguiu a vaga de elfo no mesmo shopping!) entregasse para os adultos, discretamente, claro.

Mas eu sabia que tudo isso acabaria, que o motorista chegaria ao ponto final, que os créditos rolariam. Abro a porta do apartamento.

— Feliz Natal, minha Soraya — digo, enquanto uma Soraya sonolenta lambe as minhas pernas. — Está com fome? — Ela mia em confirmação.

Largo a mala onde jaz o meu uniforme suado e cuidadosamente dobrado. Combinei de devolvê-lo à agência depois de amanhã, no dia vinte e seis, quando for buscar o meu contracheque. Sirvo ração para Soraya e uns biscoitos para mim. Meu celular apita.

Ei, Joca. Falei para o meu sobrinho que não sabia se o Papai Noel passaria aqui hoje, que ele teria de se contentar com o elfo. A verdade é que o pai dele não conseguiu alugar a fantasia. O menino não para de chorar. Topa fazer um expediente até mais tarde? Soraya também. Temos biscoitos de todos os tipos. L.

— O segredo, querido — continuou Vovó, pontualmente às 21h, após se despedir de Tarcísio Meira naquela noite de 29 de novembro de 1973 —, é que qualquer pessoa pode ser o Papai Noel.

O NATAL DA FAMÍLIA HARRIS

Aline Harris

O dia do Natal era tão aguardado que era planejado com meses de antecedência. Acontece que ter a mesa farta e reunir a família era a tradição mais aguardada para a época festiva. Montar a árvore era só mais uma das etapas. Cantar em coral, fazer a lista de compras, sortear o amigo-oculto, pensar na roupa nova... esses eram costumes tão importantes quanto pendurar (e sentir raiva ao desembolar) o pisca-pisca.

A preparação começava ainda em outubro. E se arrastava ao longo dos meses até o esperado dia vinte e cinco de dezembro. Era mais que uma data, era um grande evento! A família Harris também não se resumia a ela mesma. Era costume que amigos e familiares dos familiares se juntassem na tal noite. Na verdade, a família Harris com o tempo foi se tornando a família Harris/Lopes/Martins/Gibson/de Souza/Espírito Santo/de Carvalho/Canzi. Foi agregando tantos e tantas que hoje não se sabe ao certo de que forma os parentescos de fato acontecem.

Mas uma coisa é certa, entre tantas chegadas e algumas partidas, não podia faltar o elemento principal do Natal da maioria das histórias: o pertencimento com amor. Esse, sim, era o ingrediente principal da bendita ceia. Mais do que o coral, a comida, o amigo-oculto ou os polêmicos pisca-piscas, o amor era o sentimento que de alguma forma fazia com que todos se sentissem parte daquele grupo naquele momento único. E, não me entenda mal, isso não significava ausência de brigas ou problemas, eles sempre estavam lá. Na verdade, isso significava que, independentemente deles, em algum momento haveria superação das discordâncias para viver a experiência natalina. Isso traduz o espírito do Natal.

Hoje, faltam pessoas na mesa. Elas já fazem morada nessas memórias. Mas vemos que outras ficaram e, como um ato de resistência, se mantêm ali. Temos também as que chegaram e trouxeram com a inocência infantil a renovação do amor e do pertencimento, tornando o Natal da família Harris mais especial a cada ano.

A rotina ainda é quase a mesma: começar o preparo da ceia uns dias antes, ouvir músicas natalinas, embrulhar presentes do amigo-oculto, passar horas na cozinha tomando vinho, rir do pudim que deu errado, fazer a piada do pavê e discutir se pode ou não comer rabanada antes da meia-noite. Quanto a isso, ainda não há consenso, mas um acordo existe: ano que vem a família se reunirá novamente. E, por isso, estamos todos felizes desde hoje (quando já começamos a planejar o Natal do ano que vem).

UM PRESENTE ESPECIAL

Ana Cristina Ben

Era noite de Natal e, como de costume, a família estava reunida. Depois das orações, a ceia, depois desta, a melhor parte: a abertura dos presentes!

Anne, à época com oito anos, havia pedido uma boneca de cabelos longos ao Papai Noel. A cartinha fora enviada ainda em meados de novembro, como garantia de que daria tempo de o bom velhinho fabricar o tão desejado brinquedo.

Um a um, o tio Carlos foi chamando para que pegassem seus presentes. Era sempre assim, ao menos nos Natais dos quais Anne conseguia se lembrar.

A menina viu que o tamanho e o formato do pacote com seu nome correspondiam exatamente ao que estava esperando. Foi chamada, abraçou a caixa embalada com capricho dentro dela, uma bela boneca de cabelos longos, ainda mais linda do que imaginara.

Retirou a deslumbrante boneca da caixa e, ao levantá-la, algo bem inesperado aconteceu: ambas as perninhas do brinquedo caíram, e logo Anne constatou que o presente tinha vindo com defeito! Os olhinhos da menina, que há pouco brilhavam de alegria, escureceram, o semblante endureceu, o sorriso esvaiu. A mãe foi logo dizendo que o pai consertaria, afinal, ele sempre consertava tudo. O pai olhou, mediu, tentou encaixar e concluiu que era defeito do material utilizado na fabricação e que não havia meios para recolocar os membros inferiores. Disse à filha que não se incomodasse, pois depois do feriado veriam o que fazer.

Os primos brincavam felizes com seus novos presentes, enquanto Anne sentia vergonha do que recebera. Pensava: *Como Papai Noel pôde fazer isso comigo? Entregou-me uma boneca estragada! Por que justo eu recebi algo ruim?* Para Anne, nada fazia sentido.

Voltou para casa com seus pais sem dizer uma palavra. Sentada no banco de trás do carro, de vez em quando olhava para a caixa que abrigava aquela criatura defeituosa. Chegando ao destino, largou o embrulho no sofá da sala e foi se deitar. Estava quase pegando no sono quando ouviu um choro que vinha da sala. No cantinho do sofá, a pequena boneca de pernas quebradas chorava, enquanto era consolada por ninguém mais, ninguém menos que o próprio Papai Noel:

— Calma, querida, encontraremos uma criança que não se importe com o fato de você ser diferente. Vou deixar outra boneca para a menina desta casa e levar você comigo até que encontremos um lar que a acolha. Ainda há de existir alguma criança de coração aberto ao que não seja padrão neste mundo!

Anne não aguentou e interveio:

— Não seria mais fácil consertá-la? Se assim fizesse, já que o senhor tem o poder para isso, tudo estaria resolvido, eu ficaria feliz, ela seria normal e o senhor não precisaria desperdiçar seu tempo procurando um lar para a pobre boneca!

— Criança, você é bem jovem, mas é bom que entenda, não se trata de satisfação de desejos, mas de cultivo de bons corações. Você deveria se sentir honrada, pois foi escolhida para receber um presente especial, justamente para que seu coraçãozinho cresça sabendo que o diferente agrega valor e transforma o objeto afetado em algo precioso — o bom velhinho falou com doçura.

Anne não compreendeu direito, mas, quando olhou para a bonequinha, sentiu admiração, e o fato de as pernas terem caído já não importava. Ia falar ao Papai Noel que não se incomodava mais e que ficaria com o presente especial, mas, ao se virar, ele já havia partido.

Na manhã natalina, quando os pais de Anne se levantaram, surpreenderam-se ao ver a filha dormindo no sofá da sala, agarrada à bonequinha. Chamaram-na e a mãe foi logo explicando que no dia seguinte providenciariam a troca do brinquedo por um que não estivesse quebrado. Foi então que o inesperado aconteceu: Anne sentou-se rapidamente e, ainda agarrada ao presente, disse:

— Trocar por quê? Estou encantada com a Aninha! Viram? Já dei até nome para ela!

O pai, estranhando muito, questionou novamente se Anne tinha certeza da decisão. Ao que a criança respondeu:

— Papai, não sei bem o motivo e não entendo direito, mas quero que meu "coraçãozinho cresça sabendo que o diferente é precioso".

Pai e mãe abraçaram a pequena e, sorrindo, sabiam que naquela casa havia acontecido o verdadeiro Natal.

MARIA E O BISCOITO DE NATAL

Ana Cristina Ben

De fato, seria um Natal diferente. Os filhos cresceram e saíram de casa. Maria estava em dúvida quanto a permanecer ou não com a mesma árvore, que parecia grande demais para a ocasião. Da caixa de enfeites, retirou uma bola dourada enorme e olhou para o seu reflexo na superfície espelhada. Fixando o olhar, encantou-se com o que aparecia ao fundo: era véspera de Natal em sua infância!

— Maria, traz a farinha para a mãe e vem aqui com seu irmão, que vamos montar os biscoitos. Não podemos nos esquecer de separar alguns sem confeitos para a vovó. — Mamãe sempre se dedicava muito na confecção dos biscoitos, pois eram eles que serviam para decorar a árvore.

Cada biscoito tinha personalidade própria. Um deles chamou a atenção da pequena Maria, era multicolorido e tagarela. Ao estranhar tanto entusiasmo, a menina perguntou:

— Por que fica tão feliz sabendo que não passa desta noite? Ou você pensa que é gente como eu?

Encontrando o olhar de Maria, espantado, ele falou:

— Que menina pessimista! Pense logo aqui comigo: melhor ser um biscoitinho do que ser só pó de trigo! Não importa o quanto dure, o que vale, garotinha, é que nunca esquecerei esta noite encantada em que biscoito me tornei.

— Existir assim tão pouco... como é que isso pode ser bom?

Ao que ele respondeu:

— Pois me fale aqui pra mim, o que neste mundo tem começo e não tem fim? Oh, menina, menininha, vou agora lhe dizer: existir é um presente que devemos valorar, não importa o que aconteça a lembrança vai ficar!

Maria despertou, largou a bola dourada, refletiu e não encontrou resposta para o fato de nunca ter dividido com seus filhos um Natal com uma árvore enfeitada de biscoitos, mas, antes que pudesse lastimar, o telefone tocou. Era sua filha dizendo que ela e o irmão passariam o Natal em casa. Foi tamanha a alegria, que Maria não conteve as lágrimas e correu em busca da receita que sua velha mãe deixou.

É chegado o grande dia, a casa estava cheia novamente. No canto da sala, a bela árvore de biscoitos, carregada de histórias de um passado que renasce, é a atração principal. Em meio a tanta conversa, um biscoito especial sorri e declara a Maria:

— Viu, menina? Eu lhe disse, basta um segundo existir para uma eternidade de lembranças construir; eu voltei neste Natal porque lhe deixei saudade, o que prova, afinal, que, embora sem ser visto, sempre estive com você, não importa sua idade.

Maria consente, sorri e se junta aos outros para eternizar aquele momento.

NATAL MUITO ESPECIAL

Andrio Cardoso Pereira

O Natal na minha família sempre foi uma data muito especial, esperada demais, desde quando eu era um garoto. Me lembro que éramos uma família humilde, nunca planejamos banquetes ou festas grandiosas, nos concentrando mais na questão de o Natal ser uma celebração do nascimento de Jesus, uma época de fazer caridade ao próximo. Íamos à Missa do Galo e depois fazíamos uma pequena ceia, tudo era simples. Eu e minha irmã ganhávamos bons presentes, mas nada de exageros, tudo era dentro daquilo que nossa família podia. Contávamos os dias para a chegada dessa data, era uma época muito divertida.

Uma das coisas mais marcadas na minha memória é que minha mãe sempre foi uma pessoa caridosa, sempre preocupada em fazer o bem e em ajudar as pessoas mais necessitadas. Comprava pequenos brinquedos e balas para distribuir entre a criançada do bairro onde morávamos, especialmente no Natal.

A história que vou contar agora aconteceu no Natal de 1993 e fala sobre o espírito caridoso de minha mãe na época natalina, do qual fui testemunha ocular. Foi uma experiência que tornou aquele Natal o mais inesquecível de minha infância. Naquela época eu tinha nove anos e havia passado para a segunda série do Ensino Fundamental. Morava em Gravataí, cidade da região metropolitana de Porto Alegre.

Naquele ano, conhecemos uma família muito carente que morava perto de nossa casa e era ajudada por nossa vizinha.

Passávamos quase diariamente na frente da casa deles, que era muito humilde e antiga, feita de madeira já desgastada pelo tempo. Atrás da casa, havia uma patente, um matagal intenso e um valão onde uma mulher e seus filhos lavavam suas roupas.

Comovida com a situação deles, minha mãe decidiu comprar uns pequenos brinquedos e balas para distribuir para as crianças no dia vinte e cinco de dezembro, buscando trazer alegria àquela família. Uma semana antes do Natal, fomos ao centro de Porto Alegre fazer as compras. Obviamente, pegamos filas imensas e encaramos multidões nas lojas, coisa muito normal nas vésperas das festas de fim de ano. No final, deu tudo certo, era só aguardarmos o dia.

No dia vinte e cinco de dezembro, meu pai e minha irmã começaram a preparar um delicioso churrasco para almoçarmos ao meio-dia, enquanto eu e minha mãe fomos à casa daquela família levar os presentes para eles, imaginando que iam ficar muito felizes. Porém, tivemos uma surpresa.

Chegando lá, nos deparamos com um ambiente muito simples e móveis bem desgastados, porém tudo organizado. A mulher estava fazendo um caldo de galinha com pão para alimentar as crianças. Infelizmente, eles só tinham isso para comer naquele dia. Ver aquela cena cortante, sabendo que comeríamos churrasco, partiu o coração de minha mãe. Entregamos os presentes para as crianças, que ficaram alegres e agradeceram demais pela surpresa.

Com os olhos cheios de lágrimas, minha mãe voltou para casa e pediu que meu pai separasse alguns pedaços de carne, depois voltamos à casa deles. Chegando lá, as crianças e a mãe delas ficaram imensamente felizes, agradeceram muito pelo gesto de minha mãe, ela chorava de felicidade ao ver que teriam um almoço gostoso. Voltamos para casa muito contentes por termos feito algo que fez bem ao nosso coração.

Posso não ter entendido nada do que aconteceu naquela época, lembro de sentir algo inexplicável no meu coração, uma alegria contagiante. Só depois de muito tempo entendi que o Natal é muito mais do que uma época de exageros ou de ganhar presentes, também é uma época de fazermos a diferença, uma época de humildade e, especialmente, de caridade. É tempo de nos lembrarmos do nascimento de Jesus, principal motivo dessa linda festa. Esse acontecimento me ensinou o verdadeiro sentido de ser cristão, me fez entender que precisamos fazer o bem aos outros, esperando somente receber paz, amor e alegria do mais próximo. Foi o Natal mais inesquecível da minha vida.

LEILÃO DE DEZEMBRO

Anna Back

Quem quer por herança uma coleção linda e diversa?
Cheia de lembranças, presenças, risos, conversas...
De vozes adultas e também de crianças,
Para, com zelo, usar e muito amar?
Toalhas, trilhos e panos...
Que juntos denunciam os anos,
Que por aqui permanecem.
Enfeites singelos e raros,
Adquiridos ou presenteados,
Por quem quis colaborar com o sonho,
Que o amor e a convivência familiar, enternecem!
A árvore, símbolo maior! Com esmero, enfeitada!
Pingentes, corações, figuras sacras penduradas.
Esferas, pássaros, flocos e anjos.
Borboletas, luzes, suvenires, arranjos,
Dentre tantas coisas que se juntam,
E por um, por muitos natais enfeitam,
A fantasia, a alma, a fé e a casa,
De alguém que curte, e se deleita, com muito amor!
Ao retirar das caixas e selecionar tudo e todos...
No desfile arrebatador, Papais Noéis de caras boas e curiosas,
A coleção vai ganhando vida e procurando espaço.
Em cima, embaixo, ao lado... Missão laboriosa!
No contexto do momento, quem quer herdar?

Caixas tantas, grandes, pequenas, altas, baixas…
Com conteúdos de singular importância?
Pois, no Natal, voltamos a ser a criança,
Que guardamos dentro de nós, de forma especial!
E sonhamos… E de quimera vivemos…
Por um período tão radiante e mágico,
Que faz o Natal ser Natal!

DUAS CRIANÇAS E UM NOEL

Bárbara Vidal

Helena tinha um objetivo e se preparou o ano inteiro para alcançá-lo: encontrar o Papai Noel. Não seria muito difícil, considerando que ele teria que visitá-la neste Natal, pois ela tinha sido uma criança muito boa. Não! Não vamos levar em conta o dia em que Helena quis brincar de esconde-esconde com os pais sem avisá-los. Quando colocou uma boneca do seu tamanho na cama para fingir que estava dormindo e se escondeu atrás da porta enquanto os pais a procuraram preocupados por quase uma hora, inclusive na rua. Ora, como a criança de sete anos poderia imaginar ser mais inteligente do que dois adultos? O bom velhinho certamente deve ter desconsiderado o relatório do duende espião sobre o ocorrido.

O local onde a missão "Caça Noel" seria realizada era o terraço do prédio de um casal de amigos de seus pais. Chegando lá, encontrou Sara, sua parceira de aventuras e filha do casal. Enquanto os adultos se distraiam com trivialidades entediantes demais para serem mencionadas, cabia aos mais novos a preocupação de rastrear o famoso trenó que chegaria a qualquer instante.

— Esta não é a nossa casa! — gritou Sara num susto.

— E o que é que tem? — perguntou Helena.

— Se não é a nossa casa, por que o Papai Noel viria para cá? Ele deve entregar os presentes lá, quando voltarmos vamos ver os presentes e não vamos conseguir nos encontrar com ele de novo! — explicou.

O sangue de Helena gelou. Isso fazia muito sentido! Pronto, o Natal tinha sido arruinado porque os pais decidiram comemorar a data fora de casa para ter uma festa maior. Só não ficou tão arrasada quanto a amiga porque já havia conhecido o Papai Noel. Ele tinha ido em sua casa e até a abraçou. Helena apenas não entendeu por que ele estava usando óculos de sol... nem como conseguia ser tão parecido com seu pai.

Mas as meninas não iriam aceitar a derrota tão fácil! Resolveram que ajudariam o velhinho a encontrá-las e não havia tempo a perder. Sara se lembrou que Rudolph (para os menos instruídos no assunto Natal, estou falando sobre a rena que puxa o trenó) tem um nariz que acende como uma lâmpada, então colocaram um espelho pendurado na grade da sacada do terraço para que a luz refletisse e o Papai Noel entendesse que tinha alguém ali. Além disso, Helena sugeriu que pendurassem também duas bexigas com seus nomes escritos para terem certeza de que ele saberia quem estava ali, afinal, era um senhor de idade. De jeito nenhum poderiam arriscar serem confundidas com crianças que estavam na lista das malcomportadas.

As horas foram passando, mais gente foi chegando, a mesa foi ficando cada vez mais cheia e nada do "ho ho ho". De vez em quando, as meninas iam para a janela monitorar a situação da Caça Noel enquanto alternavam entre uma rabanada e um bolinho de bacalhau.

— Ali, tô vendo uma coisa naquele prédio! Ele deve estar lá! — apontou Helena.

— Sim, estou vendo. As renas estão estacionadas no terraço deles — disse Sara.

No começo, elas dividiam essas observações com os outros da festa, mas percebendo o desinteresse deles, pararam. Helena e Sara concluíram que devia existir alguma convenção onde os adultos se encontram com a família Noel e isso explicaria o porquê de eles tratarem aquele momento mágico como algo tão comum.

— O Papai Noel chegou! — gritou a mãe da Sara.

O grito veio da escada e, quando todos olharam, lá estava ele. Roupas grossas e vermelhas, uma bengala grande e brilhante e uma longa barba branca para combinar com os cabelos. A própria visão do sublime. Ali, numa quente véspera de Natal, as crianças começaram a entender o que é o celestial. O velhinho veio com uma grande sacola cheia de presentes e mais duas bicicletas que iriam pertencer a Sara e a Helena. Ele se sentou numa cadeira e distribuiu os presentes um a um.

Após esse momento de grande felicidade — menos para o pai de Sara, que teve o pé atropelado por Helena e sua nova bicicleta —, o Papai Noel reuniu todos em um grande círculo para uma oração, lembrando do aniversário daquele que chegava a ser mais velho do que ele próprio. Helena pensou que fazia muito sentido Papai Noel ser amigo de Deus, já que os dois eram bons. Ele se despediu de todos e as meninas se sentiram muito satisfeitas por terem o ajudado a saber onde estavam e salvado o Natal.

Os anos se passaram e, mesmo não mais acreditando no Papai Noel e sendo mais parecida do que gostaria com os adultos que antes não entendia, Helena lembrava desse episódio como o seu melhor Natal. Assim que o mês de dezembro chegava, também chegava a criança que batalhara para ver alguém que ela amava. O sublime que conheceu quando criança a fazia batalhar pelo sublime que entende hoje.

DOCE SURPRESA DE NATAL

Camila D'Andréa

Noite mágica, sob um céu estrelado e quente,
Cheirinho de tradição, decoravam o ambiente,
No calor da sala, aroma de panetone pairando no ar,
Uma história de amor e carinho estava para se revelar.

Na sala, todos ansiosos, tradição a iniciar,
Amigo secreto, risos e alegria a contagiar,
O avô de Laura, homem sábio e gracioso,
Com brilho nos olhos e sorriso no rosto, dizia de um jeito grandioso.

"Este ano, faremos diferente, de um jeito original,
Vou escolher alguém especial, que nos encanta com seu carinho natural."
A família, curiosa, atenta ao que iria acontecer,
O avô, com suas palavras, fazia a todos entender.

"Minha escolhida é alguém amada, é o que quero destacar,
Laura, minha neta, é única e isso quero celebrar.
Presentes materiais não podem expressar
O quanto é talentosa, e por isso escolhi te homenagear."

Lágrimas nos olhos, Laura o olhava com emoção,
Nunca esperou tal revelação, tão profunda admiração,
"Você é uma artista incrível, com histórias a encantar,
Sua imaginação é uma dádiva que eu quero exaltar."

Abraços calorosos, amor transbordando,
O presente mais valioso, nesse Natal doce e saboroso.
Aplausos ressoaram, em concordância,
O avô, com sua expressão, esbanjando amor em abundância.

Naquela noite, Laura compartilhou com emoção
Suas histórias com o avô, em profunda conexão.
Um Natal mágico, onde amor e gratidão
Superaram presentes, em feliz celebração.

O último Natal com o avô, memória a guardar,
A conexão eterna, no coração a ressoar.
As palavras amorosas, inspiração a perdurar,
Na jornada de Laura como artista a brilhar.

FUSCÃO MOVIDO A ÁLCOOL

Carla Orrú

O Natal na família do meu pai sempre foi uma festa aguardada e preparada com muita animação e cuidado desde quando eles eram crianças. Família grande, com oito filhos. Na infância do meu pai, meu avô tinha uma fábrica de camas e fazia os brinquedos dos filhos para garantir a alegria na manhã natalina: carrinhos de madeira, cavalinhos de pau, mobílias e roupas para as bonecas. Tudo muito simples, mas, com certeza, feito com muito amor.

Contam que, nesse dia, recebiam também um saquinho de guloseimas, dentre as quais havia uma maçã, fruta que só aparecia em ocasiões especiais ou quando estavam doentinhos e precisavam de um carinho a mais. Meu pai, por muitos anos, repetiu essa tradição na nossa casa e até meu marido, na época de namoro, chegou a ganhar o dele. Hoje, com a nova geração — bisnetos do meu pai —, o consumo de açúcar é mais controlado.

Natal de família mineira tradicional era, e ainda é, sinônimo de comidas gostosas com muita fartura e pratos preparados por muitas mãos: leitoa e frango assados, tender, farofa, maionese, tutu de feijão e muitas sobremesas e frutas. Incluindo doce de figo cristalizado — que, até hoje para mim, tem o gosto do Natal —, torta de nozes, torta de abacaxi, uvas, pêssegos, nectarinas, panetone e rabanadas.

Havia também a parte religiosa da festa — o essencial a celebrar: o nascimento do Menino Jesus — com orações da família e amigos de mãos dadas e idas à igreja para visitar o Presépio.

Alguns iam à Missa do Galo e só depois participavam da comilança. A festa ia até bem tarde com cantoria, jogos e muita diversão.

Minha história se passa em uma dessas noites de Natal. Como em todos os anos da minha infância, nos reunimos na casa de minha tia, irmã mais velha do meu pai, para a ceia. Meus avós moravam com ela numa edícula, nos fundos de sua casa. Havia uma mesa enorme no quintal com muito espaço para os filhos, genros, noras e netos. Me lembro das comidas deliciosas, do show do Roberto Carlos "bombando" na sala, de todo mundo pra lá e pra cá, na maior animação, cuidando dos últimos preparativos.

Jogamos amigo-secreto para trocar presentes, porque tinha muita gente e não dava para dar presente para todo mundo. Dos presentes que ganhei nesses encontros, me lembro bem de dois: um LP (afinal, eram os anos 70) do *Estúpido Cupido*, que era a trilha sonora da novela de mesmo nome que passava na televisão, e um "Jogo do Petróleo", um dos brinquedos de que mais gostei na vida e que nunca mais encontrei para comprar.

Naquele disco, havia a música "Meu Mundo Caiu", da Maísa! Que privilégio para uma criança de oito anos ter acesso a uma canção como essa e ainda gostar disso. Depois vieram tantas apresentadoras infantis com seus Dedinhos e Patinhos. Isso para não mencionar, já mencionando, as distrações para crianças em forma de galinhas e porquinhas.

Deu-se que, no dia em que esta história aconteceu, entre os aperitivos e "belisques" antes da ceia, meu primo mais velho, eu e algumas primas começamos a bebericar todos os restinhos dos copos dos adultos: batidinhas, cerveja, vinho e o que viesse. A intenção era provar um pouco de tudo, mas fomos ficando alegrinhos.

Meu avô gostava de rezar a oração do Pai-Nosso antes de iniciarmos a comilança propriamente dita. Ele fazia uma reflexão, agradecia pelo ano que passara, pela saúde de todos e, então, rezávamos o Pai-Nosso de mãos dadas. Naquela vez, o momento de ação de graças foi quebrado pelas crianças que insistiam em entoar *Fuscão Preto*, aquela canção popularíssima de Almir Rogério, o tal Fuscão que "era feito de aço e que fez meu peito em pedaços…"

Até hoje, não sei quanto tempo isso durou, mas meu vozinho, entre bravo e surpreso, pedia que parássemos de cantar e nos concentrássemos na oração. A concentração etílica fez efeito, pois éramos pequenos ainda. Rezamos entre um verso e outro da canção e a lembrança do "porrezinho" ficou para sempre, recordação divertida que me traz momentos felizes da infância.

O Natal, para mim, sempre será uma festa em que a família se reúne para matar a saudade de todos. Com a vida corrida de hoje em dia e cada irmão morando em uma cidade diferente, a oportunidade de estarmos todos juntos é muito rara. O Natal é uma ocasião para celebrar o nascimento de Deus feito homem e para reafirmar a vida em família e os valores do amor, da tolerância e da compreensão, que é o que realmente importa!

O NATAL MÁGICO DE HELENA

Carlos Pontes

Ao colocar os pés no Aeroporto Internacional John Kennedy, em Nova York, nos Estados Unidos, forte emoção dominou Helena e ela afirmou que controlaria dores, mágoas e ressentimentos em nome do amor que sentia por Luís. Ainda que fosse dezembro, ainda que fosse Natal, ainda que a forte dor a consumisse, faria de tudo para que aquela viagem fosse a melhor de suas vidas.

O frio estava intenso, "qualquer coisa abaixo de zero", ouvira alguém dizer no saguão do aeroporto. Durante o percurso do aeroporto ao hotel, Helena observou admirada a beleza da metrópole que, por incrível que pareça, conseguia ficar ainda mais perfeita e deslumbrante com a decoração de Natal: enfeites natalinos nas avenidas, nas lojas e nas casas; papais noéis, renas, trenós, laços, bolas coloridas de tamanhos variados e pisca-piscas espalhavam-se por todo lugar. O clima era contagiante.

Além disso, ainda havia a neve que caía, deixando a cidade branca e seus muitos parques ainda mais elegantes. O branco trazia um sentimento de paz e deixava viva uma pequena réstia de esperança que ainda habitava o coração de Helena; aquela mantida no fundo do peito, guardada nos recôncavos da alma, que possivelmente nunca morreria, tal qual uma velinha de igreja que nunca se apaga.

Desde o dia em que aceitou realizar a viagem, seu coração manteve-se apertado, inquieto, dúbio... Ao mesmo tempo que buscava se alegrar, sabia que não deveria fazer essa viagem, não neste momento, não em dezembro, não em pleno Natal. Encarar todas as crianças e todas as mães felizes com seus filhos em uma Nova York vestida de Natal seria um sacrifício que ela adoraria evitar, mas agora não havia mais jeito, Nova York estava diante dos seus olhos.

Helena carregava uma grande dor com ela: não conseguira ser mãe; já passara dos quarenta anos sem nunca ter conseguido engravidar.

Depois de uma noite maravilhosa de descanso e da presença do amor, Helena e o marido passearam de charrete pelo Central Park; fizeram compras na bela e iluminada Times Square; sorriram e se emocionaram com o mundo encantado de Natal que Nova York proporcionava. Helena se esforçava para ao mesmo tempo sorrir e sufocar a dor ao ver a alegria de mães e filhos entrando e saindo alegres das lojas, fazendo bonecos de neve, patinando no gelo, tirando fotos com o Papai Noel para o álbum de família.

Na véspera de Natal, visitaram o estonteante Rockefeller Center com sua bela árvore natalina de cinquenta mil lâmpadas coloridas e anjos gigantes tocando trombetas; tomados de alegrias sob os olhares do mitológico Prometeu, patinaram na neve. Helena foi ficando mais leve, passou a rir e se divertir sem esforço, animando-se com a euforia das crianças; estava pronta para receber a magia do Natal em Nova York.

No dia seguinte, aproveitando o esplendor da Big Apple, passeavam às margens das águas congelantes do Hudson, quando a neve aumentou e deixou os prédios mais esbranquiçados. Uma memória afetiva de Helena foi desbloqueada, fazendo-a lembrar-se de quando era criança e ficava admirando um globinho de neve que havia na casa da sua avó materna; dentro do globinho havia um pequeno vilarejo onde a neve caía sobre o teto das casinhas toda vez que o sacolejavam. Sua avó lhe dizia: "É a magia do Natal, Helena! Faz um pedido que acontece…"

Helena ficou deveras emocionada; sentaram-se em um banco e ficaram ouvindo uma canção natalina que uma linda moça negra de olhos verdes vestida de Mamãe Noel cantava, acompanhada por um simpático violinista.

A emoção tomou conta de Helena, que se sentiu dentro do globinho de neve que a avó retirava do baú todo Natal para decorar a sala de visitas; a paz e o espírito natalino estavam presentes em cada poro do seu corpo. Ela repousou a cabeça no peito do marido, igualmente emocionado; fechou os olhos e da mesma forma que quando criança pedia para o Papai Noel a boneca preferida, pediu a Deus, ao Universo, à Força Superior, que lhe desse a oportunidade de realizar o sonho de ser mãe.

— É a última boneca que Lhe peço, prometo!

Naquela noite de Natal, seu sonho seria realizado. Ela se sentiria a mulher mais feliz e realizada do mundo e nunca mais precisaria evitar Nova York em dezembro, pois o Natal passaria a ser a melhor festa do ano para ela.

É Natal. Tempo de os sonhos se tornarem realidade!

UM CONTO PARA O SEU NATAL

Carmen Romanini

"Naquela época do ano, os pastores guardavam seus rebanhos dia e noite. Foi então que um anjo lhes apareceu, informando que o nascimento do Salvador iria acontecer. O anjo encontrou Maria e, em quase todos os quadros pintados na história da arte, o anjo Gabriel está de joelhos diante dela para pedir que ela acolha e gere em seu ventre aquele que transformaria os tempos difíceis e ensinaria amor aos habitantes da Terra."

Em toda a existência da humanidade houve tempos bons e tempos difíceis. Foi assim, naquela aldeia bem ao norte do nosso planeta, onde morava aquela gente tão simples, que todos os milagres aconteceram... Há mais de mil anos, o clima era mais frio e inóspito naquela região. Era necessário um grande esforço diário para sobreviver ao frio e à neve. Os alimentos precisavam de cuidados especiais, assim como todo o resto. No entanto, naquela casinha tão simples morava uma família feliz. Eles reconheciam a vida como um milagre!

A cada final de dia, na hora do jantar, o pai louvava o alimento, louvava a saúde e a alegria. Ele sempre perguntava à sua esposa e aos pequenos a coisa mais difícil e a mais feliz do dia! Ana e William tinham um casal de filhos, João de cinco anos e Erica de sete. Naquele dia, Ana respondeu ao seu esposo o seguinte:

— Esposo, o mais difícil hoje foi a chegada da neve, que fará nossos dias ainda mais difíceis. No entanto, o mais feliz foi olhar para a neve e DECIDIR que cada floco que caísse seria um milagre que aconteceria sobre nossa casa!

William abraçou a esposa, chamou as crianças e todos saíram da casa para olhar a neve, a família sorriu e cada um DECIDIU o seu milagre. Todos desejaram passar o inverno com uma mesa cheia de alimentos, que não faltasse lenha para aquecê-los e que estivessem em paz uns com os outros. Desejaram ainda que houvesse um bom acontecimento para ser contado em cada dia. Assim desejaram e assim foi. Aquele dia era um dia de Natal!

Desde então, em todo Natal, quando caía o primeiro floco de neve, todos da aldeia, seguindo o exemplo de William e Ana, iam para fora de suas casas louvar, agradecer e DECIDIR um milagre!

Hoje, dois mil anos depois, também nesta noite de Natal, queremos agradecer: eu, uma criança deste novo tempo, quero representar toda a gente do mundo e agradecer por nossas vidas, nossa saúde e nossa união. Quero agradecer à Estrela Guia, sua Luz nos direciona ao Amor!

Agora, convido a todos que DECIDAM um milagre em sua vida, para o próximo ano que se inicia. Pensem com força e determinação!

Pensem com o coração!

Isso é o Natal! É acreditar e festejar o nascimento Daquele que veio nos ensinar a ter fé e a sermos sinceros. Ele veio para nos ensinar a amar... e o seu nome é JESUS! Tenhamos, pois, uma noite feliz!

NOITE DE LUZ

Ivania Carozo

A noite se ilumina com os vaga-lumes
Que adoraram o Menino Jesus
À missa do galo não posso faltar
Para o menino nos abençoar.

Bate o sino não apenas em Belém
Bate em Niquelândia, em Roma e Muquém
Paz em casa, no trabalho, na Palestina
No meu coração e no seu também.

Deus menino nos dá alegria
A família se reúne para rezar
É Natal diferente, vamos festejar
À noite feliz podemos rezar.

Jesus pobrezinho na gruta de Belém
Recebeu a visita de pastores e reis
Inspirando pessoas a fazer o bem
É comum na noite feliz levar presentes.

Noite feliz, a estrela reluz
vamos cantar e adorar Jesus
A família, os vizinhos venham cear
À mesa ornamentada vamos nos fartar.

Jesus, Salvador, humilde menino
Deus da luz ensina a partilhar
Duros corações e os mesquinhos
na noite de luz se deixam salvar

A MAGIA ENCANTADORA DO NATAL...

Ivania Carozo

Os Natais da minha infância foram fantásticos, papai ensinou que, sendo obediente durante o ano, na noite feliz, o Papai Noel desceria pela chaminé para entregar os presentes. De fato, essa magia acontecia.

Nossa casa era de esquina, havia um ponto comercial na frente e a residência era conjugada com uma cozinha caipira. Logo, a garotinha tinha certeza de que o Papai Noel teria passagem para trazer o presente: já ganhara uma boneca, uma sombrinha, um par de sandálias da moda e até a famosa bota da Xuxa. De fato, em todos os anos, o presente amanhecia em cima dos meus sapatos, afinal, sempre fui muito obediente.

Naquela noite mágica, a família expressava união, generosidade e muita esperança de paz, amor e alegrias. Em preparação para o Natal, na vizinhança, eram praxe as novenas. Natal em família, os adultos meditavam sobre o nascimento de Cristo enquanto nós, as crianças, aguardávamos o pós-reza, que com certeza teria algumas guloseimas. Dependendo do vizinho, eram servidos bolos recheados, biscoitos fervidos, geladinho, pamonha assada... hummm, essa era minha favorita. No último dia, as trouxinhas de jujuba eram distribuídas pela minha amada mãe, eram as melhores do mundo, de um sabor inigualável.

Na nossa casa, não era comum a ceia à meia-noite, pois eu, meus irmãos e as crianças da vizinhança corríamos tanto que não tínhamos energia para a Missa do Galo. Ah, mas o almoço do dia vinte e cinco, esse, sim, era completo. Algumas vezes, papai me deixava sentir o cheiro do vinho ou licor que era servido aos adultos, mas para as crianças serviam apenas suco de uva. O mais emocionante mesmo era quando papai vinha do depósito com dois vasilhames de Crush, Baré ou Guaraná e 10 cruzeiros na outra mão, ordenando:

— Vá ao bar comprar refrigerante!

A emoção era inevitável, porque refrigerante não era algo trivial como atualmente. Logo após o almoço, a ordem era ir às casas dos compadres entregar uma lembrancinha de Natal aos afilhados — e como tinha afilhados.

Comumente, as famílias decoravam suas casas com árvores de Natal, luzes vibrantes e presépios, criando um ar de harmonia para a troca de presentes entre os amigos e familiares durante a ceia ou almoço do dia vinte e cinco. Algumas casas cantavam as tradicionais músicas natalinas: "Noite Feliz" não podia faltar no repertório. O espírito natalino trazia um sentimento solidário, motivando a vizinhança a praticar atos de caridade. Naquela noite mágica, a compaixão, a generosidade e a alegria pairavam sobre todos os moradores da pequena vila.

Sem mais delongas, voltemos ao meu Natal específico, aquele dos anos 80. Chovia muito, na minha mente infantil, estava experimentando o novo dilúvio. O Papai Noel havia deixado uma sombrinha florida e eu não me preocupava com a chuva, tinha a oportunidade de correr na enxurrada sem levar bronca de meu pai. Havia um local chamado "Cantinho do céu", nunca entendi direito o porquê desse nome, já que não via anjos, nem jardim bonito por lá. Na travessia havia uma "grota" — era como chamávamos a erosão deixada pelas fortes chuvas.

Eu ia com o pacote a ser entregue à dona Chica — que morava numa casa à beira do córrego, onde havia um quintal imenso com um laranjal e algumas touceiras de cana caiana. Após a entrega teria algumas frutas saborosas para serem degustadas, com certeza — e meu irmão com outro pacote a ser entregue à comadre Lina. A chuva não estava forte, mas a enxurrada permanecia, e nos disseram para não demorarmos nem corrermos pela enxurrada. Mas, quando nos aproximamos da grota, os pacotes pareciam ter criado vida e pularam das nossas mãos. Para salvar os presentes, a atitude correta seria entrar na enxurrada, de modo a evitar um prejuízo para o papai, a tristeza das comadres e, claro, a surra que levaríamos ao chegar em casa. Sendo assim, realizamos a quimera de tomar banho na enxurrada, junto às outras crianças que tinham o direito de desfrutar do que éramos privados pela rigidez e expectativas de papai.

Essas pequenas travessuras eram algumas das alegrias do dia feliz. Sempre havia muita comida, brincadeiras, proezas... São memórias guardadas que agora exponho a você, dileto leitor.

GYNGER E A CASINHA DE NATAL

Cris Rossi

Era uma vez, uma bela casa feliz por abrigar uma família que adorava enfeitá-la para o Natal. Seu telhado, bem feito com telhas brilhantes de barro, ficava todo carregado com luzinhas piscantes. Suas portas recebiam enormes guirlandas verdes, repletas de bolas coloridas. E, na entrada da casinha, uma porta de madeira branca exibia uma plaquinha com a figura do Noel desejando um feliz Natal.

No bairro, em todos os natais, os vizinhos levavam as crianças até o jardim da casinha e sob um pinheiro majestoso recebiam lindos presentes.

Mas o tempo passou, as crianças cresceram e foram embora. Os pais venderam a casinha para uma família briguenta, cheia de raiva do Natal e de tudo que demonstrasse felicidade.

Então…

Os anos foram difíceis para a meiga casinha. Em dezembro, não havia mais luzinhas, guirlandas ou enfeites. Ela ficou a mais feia do bairro devido à falta de manutenção e cuidados. A família brigava muito! Até a porta branca, outrora imponente, foi transformada em algo decadente e assustador.

A casinha, que estava acostumada com tanto amor, passou a ficar assustada com aqueles humanos enfurecidos, até que em um dia…

Fogo! Fogo! Fogo!

Tamanha foi a briga lá dentro que labaredas tomaram conta do garboso telhado, destruindo-o quase completamente.

A porta, já nem tão branca, ficou chamuscada. Até o pinheiro maravilhoso do jardim pegou fogo, apenas alguns galhos restaram.

A casinha foi abandonada por anos, até que um dia…

Gynger, uma garotinha nova no bairro, reparou nela.

Quando entrou no jardim, viu o pinheirinho sem vida, correu até a porta de entrada e ouviu um suspiro profundo da

casinha ao abraçá-la carinhosamente. Mesmo assustada com os humanos, ela começou a contar para a garotinha a sua triste história (a menina não ficou surpresa em conversar com uma casa, as crianças sabem fazer isso muito bem).

Gynger, então, correu para reunir as crianças e os adultos do bairro. Era dezembro! O Natal não poderia ser comemorado se havia uma casinha tão assustada e infeliz. Uma energia poderosa de amor e compaixão tomou conta de todos, então resolveram reformá-la para aquele Natal.

Ela ficou deslumbrante!

Voltou a ser a mais linda do bairro!

E, na noite de Natal, uma família carinhosa daquele bairro ficou fascinada por seu brilho e decidiu comprá-la.

Hoje, a casinha voltou a ser feliz e ainda tem Gynger como vizinha. Uma garotinha sensível e decidida que vai sempre protegê-la.

Ah! As pessoas notaram um galho verde brotando no pinheirinho...

Feliz Natal!!!

HISTÓRIAS DO NATAL

Cristina Hennes

Era véspera de Natal. Havia um alegre burburinho na casa da vovó, com as crianças correndo animadas de um lado para o outro. Hora de decorar a árvore com enfeites coloridos e montar o presépio com todas as personagens bíblicas: Maria, José, o Menino Jesus na manjedoura, os três Reis Magos, o Anjo e vários animaizinhos, como o jumento, a vaquinha, os carneirinhos e o galo.

— Vovó, conte para nós a história do Natal — pediram Vini, Bia e Bel enquanto Beni, o caçula, sorria e acompanhava tudo com seus olhinhos curiosos.

Então, a vovó sorriu para as crianças e apagou as luzes da sala, deixando apenas a árvore de Natal iluminada.

— Era uma vez dois jovens: Maria e José, que pretendiam se casar. Eles moravam numa cidadezinha bem distante, na Galileia. Num belo dia, apareceu um anjo e disse a Maria que ela seria mãe de um menino chamado Jesus.

— Vovó? — perguntaram as crianças. — O que é um anjo?

— Anjos são criaturas especiais, mensageiros de Deus, enviados por Ele para cuidar de criancinhas como vocês.

— Isso significa que toda criança tem um Anjo da Guarda, vovó? — quis saber Vini.

— Sim, todos vocês têm um anjo. Escolham um para vocês — disse a vovó, oferecendo anjos de feltro que ela mesma havia costurado: Miguel, Daniel, Rafael e Uriel.

— E quem é Deus, vovó? — perguntaram as crianças. A vovó franziu as sobrancelhas e respondeu:

— Deus é a força do universo que está em toda a natureza: na terra, nos mares, nas plantas e nos animais. Todas as coisas bonitas foram criadas por Deus, inclusive nós, homens e mulheres — explicou a vovó. — Bem, mas voltando à história do nascimento de Jesus... Naquele tempo havia um rei muito poderoso e malvado, chamado Herodes, que ouviu falar que um rei muito mais poderoso que ele iria nascer. Esse rei era Jesus, filho de Maria e José, enviado por Deus para salvar o mundo. O rei ficou muito furioso com a notícia e ordenou que os soldados fossem atrás deles: "Procurem aqueles dois e tragam o menino para mim", disse o malvado.

Então, Maria e José juntaram suas coisas e fugiram para um vilarejo chamado Belém, na Galileia, onde o rei malvado não poderia encontrá-los. Na estrada, eles encontraram um estábulo e foi numa manjedoura que Maria deu à luz um menino chamado Jesus. Oh, como era lindo aquele menino!

A notícia logo se espalhou pelos quatro cantos da terra e três Reis Magos, de outros países, queriam conhecer aquele que seria o Rei de todos os reis. Foram guiados por uma estrela até Belém, onde encontraram o Menino Jesus em uma simples e pobre manjedoura que lhe servia de berço. Eles levaram ouro para suprir a família durante a fuga para o Egito, incenso para espantar insetos do recém-nascido, e mirra, um óleo cheiroso para hidratar a pele do bebê.

— Então, crianças — continuou a vovó. — O que comemoramos no Natal é o nascimento de Jesus, que veio ao mundo para nos salvar. O pinheiro, essa árvore enfeitada que nos encanta todos os anos e aponta para o céu, é a árvore do Menino Jesus.

— E o Papai Noel, vovó, como entra na história do Natal? — perguntaram as crianças, curiosas.

— Ah, crianças — suspirou a vovó. — Há muitos, muitos anos, havia um rapaz muito rico que decidiu abandonar a riqueza e se tornar padre. O nome dele era Nicolau. Ele costumava deixar saquinhos com moedas de ouro perto das chaminés das casas onde moravam famílias pobres. Por ser uma pessoa tão bondosa e caridosa, ele acabou virando santo: São Nicolau.

São Nicolau inspirou outras pessoas a seguirem o exemplo dele. E, assim, surgiu o Papai Noel, o velhinho de barba branca e roupa vermelha que recebe cartinhas de todas as crianças do mundo, fabrica os presentes com seus duendes ajudantes e faz a entrega na casa das crianças no Natal. Dizem que ele mora no Polo Norte, tem um trenó puxado por renas e pode ser visto, à noite, passando ao lado da lua.

Mas eu desconfio que existam outros bons velhinhos bem pertinho da gente, e talvez eles usem uma motoca vermelha para fazer a entrega dos presentes. Os olhinhos das crianças encheram-se de curiosidade, então correram até a porta de casa para espiar a lua lá no alto do céu salpicado de estrelas.

— Olhem! É o Papai Noel e suas renas! — gritaram eles, entusiasmados, ao contemplarem uma meia-lua levemente encoberta por uma nuvem.

Então, seguindo a tradição, a família reuniu-se em torno do presépio sob o pinheiro iluminado, que exalava o peculiar cheiro de pinus, lindamente decorado com "teias de aranha" prateadas, bolas coloridas, anjos de chocolate e uma bela ponteira no topo. Entoaram, abraçados, o cântico "Noite Feliz". Aquela foi uma noite muito especial, pois ali se reuniram várias gerações da família: bisavós, avós, filhos, netos e bisnetos, para celebrar a mais importante data da tradição cristã: o nascimento de Jesus Cristo, filho de Deus que veio ao mundo redimir a humanidade.

2OSÓ

Érika Vernon

Para afogar as mágoas daquele ano, Marcos pediu a bebida mais forte do bar que encontrou aberto, em plena quarentena. Queria se afogar no álcool e não sofrer com a solidão. Antes que virasse o copo, uma mão o conteve, lhe impedindo o deleite. Ele buscou o culpado e se surpreendeu ao ver um senhor de idade, bonachão, de barba branca. Tentou se soltar, mas o senhor era bem forte.

— Não é a bebida que vai curar sua tristeza, rapaz — disse o senhor gentilmente.

— Eu só quero esquecer de tudo…

— É realmente o que quer?

Desistiu da bebida. O senhor soltou sua mão e se sentou na sua frente. Marcos não fazia ideia de quem ele era ou quais suas intenções. Porém, sentia nele algo místico.

— Não deveria estar aqui, rapaz.

— Onde mais eu estaria? A pandemia pegou todo mundo, de um jeito ou de outro. Está tudo fechado.

— O seu coração ainda não se fechou. Venha, precisa ver umas coisas para entender.

— O quê?! Entender o quê? Ei!

Antes que percebesse, Marcos acompanhava o senhor, como num passe de mágica. Seguiram até uma igreja.

— Se era isso o que queria me mostrar, perdeu seu tempo. Nunca fui adepto.

— Cada um é livre para acreditar no que quiser, rapaz. Quem crê, celebra o nascimento de Cristo. Quem não crê, festeja a noite com quem gosta. Mas todos aguardam ansiosos pela chegada do Papai Noel. Por falar nisso, o que pediu a ele de presente?

— Não sou mais criança para fazer isso. Não tenho nada e ninguém para festejar. Essa doença me tirou tudo.

— Todos nós temos uma criança interior. Os anos passam, mas ninguém esquece a sensação, nem a abandona — observou. — Está vendo aquela garotinha ali? É igual a você: perdeu os pais para a doença. Tornou-se órfã. Mesmo assim, vem rezar, não para pedir, mas para agradecer por estar viva, pois essa era a vontade de seus pais. Sabe o que ela pediu de Natal?

— Sua família de volta? — indagou, empático.

— Os que partem não voltam. Ela tem noção disso, apesar da idade.

— E o que ela pediu?

— Que possa ser feliz com sua nova família.

— Nova família... Mas como sabe disso?

Foram a uma praça, na qual muitas famílias moravam.

— Vê aquele casal de idosos? Perderam o filho para a doença. Sem ele, foram colocados na rua, sem condições de arcar com os custos do asilo. Sabe o que eles pediram de Natal?

— A vida que tinham?

— Desejam ao menos que, na noite de Natal, todos possam se alimentar e se alegrar. Principalmente as crianças.

— Estamos numa era de trevas.

— Ainda há luz em teu coração.

— Quem é o senhor?

O homem voltou a andar. Marcos ficou inquieto.

— Primeiro uma criança, agora um casal de idosos. Isso é aquela ladainha dos três espíritos de Natal?

— Você não precisa ver o futuro para entender o passado, precisa apenas achar o presente.

— Por isso me perguntou o que quero de presente?

— Está começando a entender, rapaz.

Queria o fim da doença e dos males que tinham vindo com ela. Queria sua vida de volta. Sua família, seus amigos, tudo o que perdeu. Soçobrou novamente em tristeza, pondo para fora toda a angústia que o afligia. O senhor o acolheu num abraço.

— Está na hora de seguir em frente. Sua família te quer feliz.

— Mas como?

— Enfim chegamos. Se não fosse a doença, este restaurante estaria lotado. A pessoa que o administra tem "mãos de fada" e uma bela alma.

— Muitos negócios findaram com a pandemia...

A porta do restaurante se abriu e de lá saiu Carolina, indo até o senhor. Abraçou-o, carinhosa. Com efeito, Carolina era sua nora e trabalhavam juntos. Conversaram brevemente. Por fim, Carolina entregou uma caixinha a Marcos e lhe desejou um feliz Natal.

— Quando souber o que realmente quer de presente, abra essa caixa. Soa estranho agora, mas pode confiar — disse em despedida.

— Está na hora da ceia. Aqui me despeço também, rapaz.

— Ei, aonde está indo?

Num passe de mágica, o senhor e a mulher sumiram na rua. Marcos se viu sozinho novamente, diante a luz do restaurante, que piscava como se o chamasse. Entrou. Nair o atendeu. Cearam juntos e conversaram por um tempo sobre suas perdas e adversidades. Nair já planejava uma volta por cima. Embora fosse a primeira vez que se viam, a conversa fluiu como se fossem velhos amigos. De repente, o relógio soou onze horas.

— Obrigado pela ceia maravilhosa, Nair.

— Não há de que, Marcos. É uma pena não ter mais gente para apreciar, aquela garota disse que eu devia cozinhar bastante. Acabei me empolgando. Ah, que desperdício.

— Olha, pode parecer loucura, mas tem muita gente morando numa praça não muito longe daqui. Sei que angu de um dia não engorda cachorro, mas hoje é Natal...

— Onde fica essa praça?

Marcus contou sobre o local e ajudou a transportar a comida. Nair vestiu-se novamente de *chef* e pôs-se a servir toda aquela gente, que se maravilhava com uma ceia na noite de Natal. Aos poucos, a rua foi se iluminando e o clima natalino reaparecia, como antigamente. Quando o relógio soou, à meia-noite, os fogos anunciaram os anos de Cristo e a chegada do Papai Noel. As crianças corriam ao ver algo sobrevoando a rua, bem alto. Marcos e Nair estavam juntos quando viram, nitidamente, aquele senhor no trenó, ao lado de Carolina e de mais duas pessoas, ecoando em uníssono:

— Ho, ho, ho!

Uma árvore de Natal surgiu no começo da rua. Marcos e Nair se emocionaram com a cena. Intrigado, Marcos decidiu abrir a caixinha, cujo bilhete dizia: "O presente está diante de vós. Sejam felizes". Riu, como há muito não fazia. Como adolescentes apaixonados, festejaram a noite de Natal.

A MAGIA DO NATAL

Fernanda Bittencourt

A essência do Natal
Desde cedo eu aprendi
Não é comida ou presente,
Mas a família ali

Se fecho os olhos, me lembro
De um tempo tão esperado
Dia de montar a árvore
Para nós, o mais celebrado

Já vinha meu pai liderando
Com a caixa em suas mãos
Ligava o som natalino
Punha a tocar as canções

Porta-retratos guardava
Para um espaço sobrar
Lá vinha ela, formosa,
A nossa sala enfeitar

E ao decorar o pinheiro
Minha mãe nos ensinava:
Bolas menores em cima, maiores embaixo!
Ela exclamava

Os adornos variados
Davam charme e muita cor
E a estrela lá no topo
Compunha com brilho e amor

A árvore em cima do móvel
Era hora de luzir
Ver aquele espetáculo
Impossível traduzir

Um ano inteiro esperando
A magia do Natal
Faltava pôr o presépio
Tudo pronto, afinal

A manjedoura na sala
Símbolo de um novo nascer
Bênção pra nossa família
E dessa festa o porquê

Nos dias que se seguiam
Esperar Papai Noel
Escrever longas cartinhas
Pôr na bota o papel

Mas tinha que ter endereço
Era lá no Polo Norte
Ou a carta não chegava
Deus me livre dessa sorte!

Chegando o dia esperado
Receber o Bom Velhinho
Separar leite e biscoitos
Acolhê-lo com carinho

Antes disso, porém,
Tinha a ceia natalina
A família reunida
Brindes, fotos, alegria!

E ao pé da árvore estavam
Nossos brinquedos pedidos
Com um singelo cartão
E os nossos nomes escritos

Sua letra era de forma
Não conhecia outra assim
Meu pai ficava encantado
Com a surpresa infantil

E uma pergunta eu fazia
Por onde foi que ele entrou?
Pela janela da sala?
Ou pelo quarto do vovô?

Após farra e brincadeira
Minha mãe sempre lembrava
Natal tem seu sentido
Não esqueça, criançada!

Era hora de trazer
Jesus Menino ao bercinho
Sua cama era de palha
No presépio simplesinho

Pena mesmo era o adeus
No dia seis de janeiro
Desfazer a nossa árvore
Para mais um ano inteiro

Mas ficavam as lembranças
As histórias pra contar
As piadas do meu tio
O som do *tim-tim* a brindar

Hoje, lembro saudosa
Da minha infância querida
Do cheiro da árvore na caixa
Do som da canção natalina

Tempo da doce inocência
Dos anseios pueris
Querer ver Papai Noel
Nos meus sonhos infantis

Pouco importa o presente
Se é caro ou baratinho
Vale mais a intenção
De mostrar o seu carinho

E se não tiver presente
Faça, então, uma cartinha
Escreva com suas palavras
Numa letra bonitinha

A lembrança que se guarda
Passará por quem viveu
Por quem partilhou com você
E quanto amor recebeu

Você, que ainda é criança,
E vai viver o Natal
Lembre-se da nossa história
E tente fazer igual

Reúna seus entes queridos
Pra celebrar a união
É tempo de vida e paz
De amor no coração!

*Este texto é uma homenagem ao meu pai, que me mostrou a magia do Natal.

O ÚLTIMO PRIMEIRO NATAL DA TERRA

Fernanda Sanson Durand

Quiribati tornou-se o centro das discussões. Em todo o planeta só se falava da pequena ilha que sempre era a última a chegar no dia vinte e cinco de dezembro e tinha, assim, o último Natal da Terra. Mas, a partir de agora, passaria a ter o primeiro.

Os geógrafos conferiram no globo se os meridianos continuavam em seus devidos lugares, enquanto geólogos analisaram eventuais movimentações sísmicas e os físicos calcularam e recalcularam para ter certeza de que a rotação mantinha a velocidade.

Até então, todos sabiam pouco (ou nada) sobre a ilha, mas em todo canto as pessoas teciam considerações das mais variadas sobre o assunto: alguns diziam que era a prova de a Terra ser plana, outros argumentavam com propriedade que era o fim dos tempos, e havia aqueles que desconfiavam ser um golpe de marketing para vender mais presentes.

Mal sabiam que toda a confusão começou há exatos vinte natais, quando Tiarê ganhou um aparelho televisor. Ela mudava de canal em canal como quem saltitava em uma dança sedentária, até que parou em um noticiário: já é Natal na Nova Zelândia!

Alternou novamente os canais. O Papa, um rabino, um monge. A loja que permaneceria aberta até o último instante. O restaurante que poderia facilitar a vida na cozinha das famílias. Já é Natal na Austrália!

Tiarê cochilava e acordava muitas vezes com a televisão sempre ligada.

Natal no Japão e nas Coreias. Rússia, China, Índia e Oriente Médio. Chegou à África e ao Leste Europeu. No deserto do Saara e na torre Eiffel. Em João Pessoa e em Quebec.

Até que um homem de sorriso estático apareceu dizendo ser Natal no Alasca e, assim, todo o planeta já estaria envolvido pelo espírito natalino.

— Todo o planeta? Não! Isso não é verdade… nós ainda não chegamos à meia-noite. Ainda não é Natal em Quiribati.

Tiarê ficou indignada e enviou uma carta ao canal de TV, apontando o grosseiro equívoco de terem esquecido sua ilha.

No ano seguinte, plantou-se em frente ao aparelho, esperando que o repórter apresentasse uma retratação e voltasse a, literalmente, incluir Quiribati no mapa.

Nada. Nem uma palavra a indicar que ali também existia Natal.

Dessa vez, a indignação de Tiarê ultrapassou fronteiras e ela encaminhou uma carta à ONU, mas nada mudou.

Os pais diziam para esquecer essa bobagem. Os irmãos e primos riam de Tiarê. Na escola, aconselharam ocupar-se de algo que lhe garantisse uma profissão, em vez de insistir em fantasias de criança.

Os natais foram passando e Quiribati, a última a receber o dia vinte e cinco de dezembro, não era lembrada. A cada ano, a menina passou a interessar-se menos pelo Natal e o inverno sedimentou-se em seu espírito.

Tiarê tornou-se adulta e sua vila elegeu-a como prefeita, ela passava todas as horas do dia ocupada com questões de saneamento, transporte escolar, instalação disso ou planejamento daquilo.

Era a vez de sua filha Tonia encantar-se pelo Natal.

Num ano, Tiarê passou a noite de Natal estudando alguns orçamentos. No ano seguinte, comprou um presente pela internet que o entregador colocou nas mãos de Tonia em seu lugar. Depois, Tiarê, cansada, foi deitar-se antes mesmo do jantar... Tonia celebrou com os avós vestidos de Papai e Mamãe Noel.

Tonia crescia e a carreira política de Tiarê também. No mesmo mês em que a menina completou dez anos, Tiarê foi eleita presidente de Quiribati.

Mais um dezembro chegou e, antes que Tiarê apresentasse uma desculpa para fugir das festas, a filha a abordou:

— Nós temos o último dos natais! Não é justo você fazer isso com a gente...

— Alto lá! Não fui eu que criei os meridianos e não tenho culpa do fuso-horário que o mundo obedece.

— Não é nada disso! Temos o último dos natais... significa que temos o pior deles, porque você nunca está presente! Quando decide ficar, em pouco tempo toca o celular e você já tem que atender o embaixador de não sei onde ou o presidente de seja lá onde for! Você nunca está com a gente... está mais preocupada com o resto do mundo! — Tonia bateu a porta, fazendo com que a guirlanda se espatifasse no chão.

Tiarê ficou insone, pensando no que deveria fazer. Sentia taquicardia ao lembrar dos festejos de Natal, rememorava a frustração da infância. Por outro lado, tinha a certeza de que Tonia merecia noites felizes de Natal.

"Mais preocupada com o resto do mundo..."

— Isso! É uma loucura, mas eu tenho como consertar toda essa injustiça que o mundo faz com o nosso Natal.

No dia seguinte, Tiarê foi para a sala da presidência tomar a decisão mais importante de Quiribati: assinou um decreto para a exclusão do dia vinte e quatro de dezembro do calendário quiribatiano.

Foi assim que, a partir daquele ano, eles saltaram do dia vinte e três direto para o dia vinte e cinco de dezembro e Quiribati passou a ter o primeiro Natal da Terra.

O SEGREDO DA CABANA DE VERÃO

Gabriela Salgarello

Certa noite eu, minha irmã e meus pais fomos jantar na casa de um casal de amigos: Gilberto e Silvana. Ela, baixinha, óculos na ponta do nariz e sempre fazendo tricô. Ele, barba branca, fofinho, risada larga e vestindo roupas vermelhas.

Enquanto os adultos conversavam, o Sr. Gilberto pediu licença e entrou em um corredor. Minha irmã, muito curiosa, foi atrás dele e eu a acompanhei.

No corredor, ele olhou para os lados e, como não viu ninguém, mexeu em um quadro na parede, apertou um botão que abriu uma portinhola no teto e entrou pela passagem, que se fechou em seguida. Que mistério seria esse? Eu e minha irmã refizemos seus passos e entramos pela portinha, que era tão pequena que nem dava para acreditar que um adulto coubesse nela. Foi mágico! Fomos teletransportadas para um lugar gelado e branco de neve! Sorte nossa encontrar casacos de veludo vermelho com pele branca na entrada.

Pessoas baixinhas corriam apressadas levando caixas e brinquedos para todos os lados. Em um mezanino ao fundo, o Sr. Gilberto checava uma lista enorme de brinquedos que estavam sendo produzidos naquela fábrica.

Então, minha irmã gritou:

— É o Polo Norte! Estamos na fábrica do Papai Noel! — Tentei tapar sua boca, mas era tarde demais, fomos descobertas!

Foi um alvoroço! Duende escondendo brinquedo pra cá, gritando pra lá:

— Tem criança na fábrica! Como elas chegaram aqui?

No meio de tanta confusão, Papai Noel gritou:

— Ho, ho, ho... tragam minhas meninas aqui!

Eu não sabia o que estava sentindo de tanta emoção: Papai Noel existe mesmo, mora na minha cidade e ainda é amigo dos meus pais! Que criança no mundo tem esse privilégio? Ao mesmo tempo, eu pensava: *pronto! Não fui uma boa menina, perdi o presente de Natal!*

Os duendes se acalmaram e o Papai Noel começou a contar seu segredo, mas deveríamos guardá-lo:

— Depois que o Natal passa, me sinto muito cansado, então eu e a Mamãe Noel, decidimos comprar uma cabana de verão na cidade de vocês. Lá, temos uma vida humana comum, mas mantemos nossa identidade secreta. Construímos um portal mágico, com a mesma tecnologia das chaminés, para vir ao Polo Norte. Agora vocês descobriram "O Segredo da Cabana de Verão", mas prometam não o revelar!

Fizemos um sinal, concordando com o trato. Na volta, ninguém havia notado nossa ausência.

Devem estar pensando: *você acabou de revelar o segredo!* Negativo! É por isso que não contei nossos nomes, nem o nome da minha cidade, assim o segredo está guardado! E aí? Vocês conhecem um casal assim?

UM DOCE DE NATAL

Geraldo=doc

As festas de fim de ano têm diversas conotações de acordo com as crenças de cada um: podem ser um momento de reflexão, de pedidos, de distribuição de presentes (onde entra o Papai Noel) ou de celebrações religiosas. Independentemente do que cada um pense, o que é certo é a ceia natalina, repleta de guloseimas, e o "enterro dos ossos" no almoço do dia seguinte. Família e amigos se reúnem para comemorar da forma que melhor se encaixar nas suas convicções.

O Natal na minha família sempre foi comemorado com alguma festividade. Quando eu era criança, a festa acontecia na casa da minha avó. Íamos meu pai, minha mãe, meu irmão e eu, claro. Antes de irmos para lá, havia um momento especial: Papai Noel em pessoa aparecia na porta do apartamento e nos entregava presentes. Isso gerava uma briga enorme no jardim de infância (o atual "prézinho") porque algumas outras crianças não mais acreditavam no Papai Noel, mas eu acreditava. Lógico: eu via o sujeito todo Natal! Como não acreditar? Muitos anos depois, eu soube que não era bem o "bom velhinho" que aparecia e, sim, um representante dele, o porteiro do prédio (acho que o nome dele era Mariano), mas dava no mesmo.

Certa vez, peguei caxumba justo no Natal. Essa doença causa um inchaço no pescoço, mas o maior problema era "descer", o que poderia levar à infertilidade no futuro. O único jeito de evitar isso era com repouso absoluto, e o percurso de cinco minutos de carro até a casa da vovó já foi declarado proibido.

Claro que fiquei revoltadíssimo quando meus pais disseram que não iríamos, mas a situação sensibilizou meus avós e tios e a festa foi transferida lá pra casa. Ninguém tinha medo de pegar caxumba porque, ao menos para as minhas primas, o plano era justamente contrair a doença. Contaminei todas as crianças da família, porque essa era a forma de criar imunidade antes da idade adulta. Hoje já existe vacina, mas vamos continuar falando de Natal que é bem melhor.

A partir dessa mudança veio uma ideia e a festa passou a ser alternada entre a casa da vovó e a casa do meu tio. Lá em casa era mais difícil, porque morávamos num apartamento pequeno e havia pouco espaço. Serviu bem naquela situação inusitada, mas não dava para ser uma rotina anual.

Alguns anos depois, meus avós mudaram para o interior do estado e continuamos a tradição por lá mesmo, incluindo diversos amigos, mas meus tios e primas não mantiveram sua presença.

Podemos dizer que criamos o Natal na cidade. A festa era uma grande novidade, já que não havia nenhuma tradição. Foi evento durante alguns anos, minha mãe providenciava algum presente/lembrança para todo mundo que aparecesse (convidado direto ou não). Para isso ser possível, ela procurava possíveis lembrancinhas no decorrer do ano e fazia um tipo de reserva técnica para que, na hora, ninguém saísse de mãos vazias.

Com o tempo, a família cresceu, diminuiu e, dos antigos, somente eu, meu irmão e meu velho pai ainda estamos por aqui. Mas um marco ficou, através de um livro de receitas da mamãe, com a receita do doce que ela fazia no Natal e que meu irmão replica com perfeição. Ele é chamado de "Mil Folhas Falso" e a receita que compartilho hoje, em homenagem à minha mãe, foi copiada fielmente de lá.

"Forre um *pirex* com biscoito cream cracker e salpique com uma xícara de leite pingado com baunilha. Faça um creme assim:

- 1 lata de leite condensado
- 2 copos de leite
- 2 gemas
- 1 colher de sopa de maisena
- Leve ao fogo; quando estiver pronto jogue por cima dos biscoitos
- Colocar nova camada de biscoitos pingados com baunilha
- Fazer outro creme igual ao primeiro acrescentando 6 colheres de Nescau
- Colocar por cima dos biscoitos
- Cobrir, para terminar, com chocolate granulado e levar à geladeira

Depois de pronto, é só comer e ser feliz, assim como o Natal. Obrigado, mãe!

MINHA HISTÓRIA DE NATAL

Gláucia Trinchão

Era uma vez, uma escritora muito famosa que estava com bloqueio criativo, mas queria escrever uma história de Natal diferente. Era um dia de inverno, flocos de neve caíam suavemente no rosto das pessoas que caminhavam pela rua, crianças se divertiam com os bonecos de neve, jogavam bolas de neve umas nas outras, todos ali pareciam felizes. Um coral cantava músicas melódicas que falavam de harmonia. Quando somos crianças, nos embriagamos com o clima natalino. Uma pessoa observava a neve que caía na frente de sua janela: era Angelis, uma escritora mal-humorada.

No inverno, na época de Natal, ela se sentia muito triste e sozinha. O frio, a neve e o céu cinzento a atormentavam. O que para uns era um clima romântico, para ela era melancólico. Angelis não entendia o verdadeiro espírito do Natal, nem o porquê de toda aquela alegria, a não ser pela troca de presentes.

Na cidade, a neve cobria telhados, muros e cercas. As lojas decoradas e cobertas das cores verde, vermelho e dourado, séries de minúsculas lâmpadas coloridas estavam espalhadas pelas casas e ruas, pinheiros de Natal enfeitados estavam em todos os lares, as lareiras acesas abrandavam o frio, era clima de Natal. À noite, famílias reunidas trocariam presentes e devorariam a ceia natalina. As crianças dormiam ansiosas à espera do Papai Noel. Era tempo de harmonia e reencontro para uns e de solidão para outros. Angelis, mesmo que famosa, sempre sentia um vazio no peito nessa época. A pedido da editora onde trabalhava, precisava escrever justamente sobre uma festa que não lhe dava motivação.

Decidida, mudou de cidade em busca de inspiração. No alto de uma colina, passou a viver isolada de tudo e todos, ali era inverno, mas não nevava. A escritora ficaria ali até terminar de escrever sua história. Vivia numa pequena casinha branca de portas azuis, cercada de bouganvilles que floresciam na primavera.

Angelis decidiu que a inspiração viria através de experiências e observações. Queria escrever uma história de Natal diferente. Estava tão concentrada na tarefa que nem viu o tempo passar, garrafas de vinho, taças e bolas de papel amassadas espalhadas pelo chão mostravam como a criatividade estava ausente. A casa tinha a vista privilegiada de um lugarejo que ficava no topo de outra colina à frente. Ela saiu e foi até lá para comprar o necessário para manter-se isolada.

O tempo a envolveu tanto que nem percebeu que já era véspera de Natal. Ao chegar naquela cidadezinha, que surpresa! Não havia aquelas iluminações de Natal, nem pinheiros, nem crianças brincando na neve. Nenhum coral cantava músicas melódicas. Entrou pelo pórtico que dava acesso à cidade e que fazia parte da muralha que cercava o lugarejo de características medievais. Como ficava no topo de um morro, a vista dali era linda e emocionante. Era entardecer, o sol estava quase se pondo e o céu avermelhado, um esplendor de paisagem. À direita da muralha, encontrou um poço alimentado por uma bica onde ovelhas bebiam água. Procurou um lugar onde pudesse tomar um café, sabia que ali tinha iguarias locais, queria conhecer melhor o lugar.

No caminho pavimentado de pedrinhas e ladeado de portas azuis e casinhas brancas, encontrou uma mulher com um pote de água apoiado no ombro. Era uma samaritana, estava vestida como uma. Curiosa com a formação daquele cenário, Angelis seguiu cidade adentro, percebendo a ausência de neve, trenó, Papai Noel e de renas. Pastores com seus rebanhos seguiam na direção do fundo da cidade. No lugar das renas, camelos eram puxados por três elegantes e bem-vestidos reis, cada um carregando um embrulho para presente. Ali estava um cenário natalino diferente, fora do que ela estava acostumada a ver. Havia um clima de harmonia, aconchego e paz.

Angelis precisava entender o que era festejado ali. Seguiu em frente e, bem no fundo da rua, na cocheira da cidade, encontrou um burrico deitado calmamente e, ao lado dele, uma vaquinha olhando para o centro da cena, onde havia uma manjedoura, com um lindo bebê. Olhou para aquela criança e viu que junto dela estavam dois adultos, provavelmente sua mãe e seu pai. No alto da porta da cocheira havia um anjo, abençoando aquela família. Ao olhar para o céu, viu uma enorme estrela que brilhava forte e clareava toda a cidade. Só ao chegar na cocheira entendeu que ali estava organizada uma cena natalina, mas o aniversariante não era o Papai Noel.

Ela estava inspirada para escrever sobre o que viu, encontrou a história de Natal que tanto procurava. As esculturas em tamanho real montavam a cena que a escritora já não lembrava. A vida agitada de sucesso apagou da memória de Angelis o verdadeiro sentido do Natal, o nascimento do Menino Jesus. A cidade inteira era o Presépio.

Angelis foi até uma cafeteria muito charmosa, se sentou, pediu as iguarias e um delicioso café. Ali mesmo começou a escrever a *Minha história de Natal.*

A MÁQUINA DE SORRISOS

Graziela Rosal Honorato

Quando aquele conversível vermelho chegou à cidade, achei muito estranho que dele saísse um senhor gordinho, barbudo e risonho.

Era um carro de colecionador, me explicaram. E bem brilhante, pude ver.

As crianças da praça, atraídas pela novidade do veículo e por aquela figura pitoresca, rodeavam o velhinho com perguntas.

Eu, sempre desconfiada, arregalei os olhos. Algo ali era suspeito. Mas não sabia dizer o quê.

Perguntei para papai:

— Pai, sabe quem é aquele velhinho que chegou na cidade? Aquele do carro com servível vermelho?

— Não, Ana — papai corrigiu. — O carro é "conversível" — continuou: — Aquele senhor é o novo dentista da cidade. Vai começar a atender semana que vem. Já até marquei sua consulta.

— Ai, ai — pensei. — Por essa não esperava.

E logo a notícia do novo dentista (que era velho) se espalhou.

No dia da consulta, lembro-me de um consultório com filas, cheio de crianças, já que Horácio (esse era o nome do dentista) era odontopediatra.

Quando entrei na sala, acompanhada de meu pai, Dr. Horácio disse:

— Se você se comportar bem, Ana, eu vou te mostrar minha famosa "máquina mágica de sorrisos", ao final da consulta.

E assim, no finzinho da consulta, encerrada a limpeza dos dentes, Dr. Horácio me endireitou na cadeira de paciente e me pediu para sorrir, dizendo:

— Fique aí; se congele nessa pose, desse jeito. Não se mexa.

Então, apareceu com uma coisa quadrada e preta, me explicando que aquela era a "máquina mágica de sorrisos". Ele apertou um botão.

A máquina de sorrisos cuspiu um papel branco, que o Dr. Horácio levou apressadamente lá para dentro do consultório, de modo que eu, muito curiosa, fiquei sem entender o que tinha acontecido.

Percebi que o Dr. Horácio deu aquela piscadinha para o meu pai, algo como uma comunicação em código entre os adultos que eu nunca sabia direito para que servia: se era por uma travessura, uma piadinha, ou mesmo por um simples cisco no olho.

Quando íamos embora, para aumentar em mim o sofrimento de toda aquela curiosidade, Dr. Horácio entregou um envelope para o papai, pedindo que só o abrisse na noite do Natal.

Não preciso dizer que a curiosidade quase tirou meu sono. Aguardar a noite de Natal se tornou um sacrifício.

Mais tarde, me explicaram que a tal da "máquina mágica de sorrisos" era uma polaroide, uma máquina de fotografia, de onde o retrato já saía impresso na hora.

Consegui sossegar, por um tempo.

Na noite de Natal, quando finalmente pôde-se abrir o envelope do Dr. Horácio, tudo pareceu muito simples.

Dentro do envelope havia uma foto minha, tirada lá no consultório do dentista, sorrindo bem feliz, com meus dentes limpinhos.

Comecei a pensar se aquela polaroide realmente não seria uma "máquina mágica de sorrisos", porque não só colocou meu sorriso num retrato, como fez com que todos que olhassem minha foto também sorrissem.

Naquela noite entendi que o coração do adulto fica sempre quentinho diante de foto de criança sorrindo.

O Dr. Horário devia saber disso, porque no momento em que papai abriu o misterioso envelope, e à medida que minha foto sorridente passeava de mão em mão, toda a tristeza sumia do rosto dos adultos. Todos sorriam, comentavam, me achavam uma fofura.

Foi então que vi, flutuando no ar, um pó prateado e brilhante.

— Ah, isso, sim, é magia! — pensei.

E percebi que o pozinho saía do envelope do Dr. Horácio.

— Papai, o envelope do Dr. Horácio está espalhando uma poeira mágica no ar! — gritei.

Meu pai replicou:

— Ah! Aquele velhinho danado colocou purpurina prateada dentro do envelope!

Só eu via que o tal do pozinho era mais que purpurina. Eu podia enxergá-lo flutuando no ar, rodeando as faces das pessoas: suspenso no ar, como mágica.

Das janelas dos vizinhos, pude ver adultos abrindo os envelopes com as fotos de suas crianças sorrindo, como numa sincronia escrita em livro de contos de fadas.

Em todas as casas, fotos de crianças sorridentes passeavam pelas mãos das pessoas. Eram crianças com um sorriso branco, espontâneo, sincero. Às vezes banguelas. Prenúncio de Natal feliz.

Após alguns dias, encontrei o Dr. Horácio na praça em frente à padaria.

Ocupava-se em guardar biscoitos amanteigados no conversível e dizia que iria viajar, fechar o consultório por um tempo.

Fiquei surpresa, e a verdade é que o consultório do Dr. Horácio só funcionou naquele dezembro, até o Natal. Nunca mais reabriu.

Lembro-me de que, ao se despedir, Dr. Horácio ainda usou a "máquina mágica de sorrisos" e entregou envelopes com fotos para os pais de algumas crianças que estavam por ali.

Antes de o conversível vermelho disparar pela estrada e deixar a cidade, um dos pais das crianças que estavam na praça gritou:

— Obrigado pelo envelope! Mas qual o seu nome? A quem devo agradecer?

De dentro do conversível, o velhinho atirou seu cartão de visitas de dentista e gritou:

— HO, HO, HO!

No cartão, as letras: H. O., iniciais de "Dr. Horácio Ovídio, Dentista".

CALENDÁRIO DO ADVENTO

Helenita Fernandes

Na minha família, existem muitos rituais e amamos celebrar. Sem dúvida, nossa festa favorita é o Natal, e de todos os símbolos dessa data, o que mais esperamos é o calendário do advento; nele marcamos do dia primeiro de dezembro até o dia vinte e cinco, assim vamos fazendo um trajeto diário até a chegada desse dia mágico. No final, acabamos fazendo todos os dias serem mágicos também.

Só que no ano passado não paramos no dia vinte e cinco de dezembro.

Quer saber o motivo?

Bom, faço aniversário em novembro e é nessa data que começamos a pensar em como será nosso Natal lá em casa. Todo ano pensamos juntos em cada detalhe.

Já fizemos o calendário do advento de diversas maneiras diferentes. Todas muito legais, mas até então, só tínhamos envolvido nossa família e amigos nesse ritual.

Foi quando olhamos para fora que vimos o quanto as pessoas precisam do chamado "espírito do Natal" nas suas vidas.

Então resolvemos fazer um calendário do advento da gentileza.

A cada dia fazíamos uma gentileza para alguém, e esse gesto acompanhava um bilhetinho que dizia: "Você é muito especial. Passe adiante".

A gentileza variava muito, ia de ajudar alguém a atravessar a rua a oferecer um prato de alimento a quem precisava. Mas também era um sorriso para um amigo que estava triste ou uma mensagem para algum parente distante. Sim, mantivemos amigos e familiares.

Mas o que mais emocionava mesmo era a entrega do bilhete, quando víamos os olhos ganharem mais brilho e o rosto se iluminar, como as luzes de Natal.

Não sabemos se alguém realmente "passou adiante", só temos fé que sim, e fé não precisa de comprovação.

Quando chegamos ao dia vinte e cinco de dezembro daquele ano, tomamos uma decisão: transformamos o calendário do advento no nosso calendário permanente do bem.

Seguimos distribuindo gentileza e fé pela vida.

Que essa mensagem chegue até você, pois "você é muito especial. Passe adiante".

AH! COITADO DO PERU

Hilda Chiquetti Baumann

Certa vez, lá na nossa casa apareceu um cara muito mal trajado dizendo ser São Nicolau. Embaixo dum chapéu de pano, ele cheirava a óleo diesel. As mãos dele eram encascadas, eu as vi, segurando o cajado. No bolso do paletó velho, um punhado de balas de banana. Deu uma, uma só!! Pra mamãe e outra pro papai.

Papai perguntou a ele:

— Senhor, por que não veio de trenó? Enguiçou no espaço?

O imprestável Noel, de unhas cheias de graxa, afirmou:

— Eu sou São Nicolau e Nicolau não dá presente. Nicolau só dá pau em crianças desobedientes.

"Putix" meu! Que Natal mais fuleiro! Depois de termos varrido o quintal, tirado todo o lixo do terreiro, me aparece isso, cara!

Se não tivesse sido engraçado no fim, teria sido trágico. Mas acabou divertido. Foi legal ver o encardido se estrebuchar escada abaixo perdendo todas as balas. Dali, ele saiu até sem fala! Nós catamos os doces do chão. De mãos cheias, a barriga até doía, de tanto que nós ríamos do Papai Noel desconhecido. Ele, sem querer, acabou por provocar uma festa. Se não boa, pelo menos um Natal diferente e divertido.

No meio da confusão, eu, cheia de coragem, disse:

— Mãe! Eu conheço aquela voz!

Passados uns três ou quatro dias... ainda calçando o mesmo par de botas, foi lá em casa o motorista do trator da prefeitura, à procura das chaves! Entenderam? Eu conhecia mesmo aquela voz! Nós, crianças, éramos pequenas, mas não sequeladas. Pois, fui eu mesma quem achou a penca de chaves, embaixo da escada.

Ah! Tá um pouco sem graça. Chega de choramingar o Natal. Vamos relembrar coisas engraçadas. No meu modo de ver, pelo menos.

Por exemplo, na minha fazenda, imaginária, é claro, o peru não morria no Natal. Morria uns dias antes. Para o tempero ter tempo de entrar na carne e assim o bicho ficar mais gostoso depois de assado.

A galinha, todo Natal, era poupada. Viva, cheirava mal embaixo das asas. Costuma ter um fedor danado, igual da rapaziada que toma banho só no Natal. Isso é, quando toma!!

Lá na fazenda, nós fazíamos estripulia só para poder dar risada. Fazíamos doces, "doces de barro" e até enfeitávamos antes de empacotar e pendurar nas cercas perto da estrada. Era lindo de ver os gulosos comendo, achando ser de chocolate.

Era legal a tal noite de Natal, pois a mãe deixava a criançada brincar até de madrugada, quando ninguém mais aguentava em pé, de sono.

Pois é! Chega de feliz Natal. Vamos acender o fogão para o Papai Noel não ter por onde entrar.

BEM-VINDO, NATAL

Jane Guimarães

Cortam o galho do pinheiro,
enfeites do armário são retirados.
Estrela brilhante dá o retoque
colocamos as bolas mais bonitas
bonecos de neve, laços de fita.
Guirlandas nas portas são boas-vindas.
Velas coloridas ficam bonitas!
Papai Noel vai chegar…
escrevi uma cartinha
sonhos e magias
na ternurinha da infância
fico a esperar o bom velhinho
num grande silêncio
com suas renas e doçura
traz tantas coisinhas tão bonitas!
Alegra nossos corações.
Nos retratos de criança
ficam as lembranças
e espero mais um ano
o bom velhinho chegar…

O NATAL DE SOL E PÉROLA

Jenny Solim

Era dia 20 de dezembro. Mais uma vez, se aproximava o Natal, que naquela pequena cidade litorânea brasileira era bem diferente daquele Natal dos filmes americanos. Nada de neve, frio ou chaminé. Lá, o Natal se passava no verão, com praias ensolaradas, músicas animadas e muita alegria.

No entanto, neste ano, a família Soares estava tendo dificuldade em encontrar o espírito natalino. A falta de dinheiro e uma série de preocupações haviam deixado todos desanimados.

A pequena família, composta apenas por Felipe, um jovem pai solteiro, e sua filha Sofia, uma garotinha de sete anos, vivia em uma casa humilde próxima à praia e tinha uma gata de estimação chamada Pérola, conhecida por seu pelo macio e olhar curioso.

Com as finanças apertadas, Felipe não tinha como comprar presentes para Sofia. Apesar das dificuldades, ele estava determinado a dar a ela um Natal especial. Enquanto Felipe pensava em como tornar o Natal mágico para a filha, ele observava Pérola brincando na areia quente da praia.

Uma ideia surgiu quando ele viu um grupo de crianças construindo castelos de areia na praia. Por que não criar algo especial com a ajuda de Pérola? Felipe e Sofia passaram os dias que antecediam o Natal construindo um enorme presépio de areia na praia, usando conchas e pedras coloridas como decoração. Pérola, curiosa e entusiasmada, estava sempre por perto, observando e ocasionalmente adicionando suas próprias pegadas na areia.

No dia de Natal, enquanto o sol se punha no horizonte, a família Soares convidou amigos e vizinhos para a praia. À medida que a noite caía, acenderam velas em torno do presépio de areia, criando uma cena mágica à beira-mar. O calor do verão e a brisa suave tornaram a noite ainda mais especial.

Sofia ficou maravilhada com o presépio e se sentiu abençoada por ter um pai tão criativo e amoroso. Felipe percebeu que o verdadeiro espírito do Natal não estava nos presentes caros, mas na união da família e na criatividade. E, claro, na alegria e curiosidade de Pérola, que havia se tornado parte importante da celebração.

Enquanto observavam o mar e as estrelas, a família Soares sentiu-se grata por ter compartilhado um Natal único, celebrando o amor, a amizade e o espírito de união. E, no centro de tudo isso, estava o presépio de areia, construído com amor e adornado pelas pegadas curiosas de Pérola. Assim, o calor do verão e o carinho da família criaram um Natal inesquecível naquela pequena cidade costeira do Brasil.

UM INTRUSO NA NOITE DE NATAL

Juciele Hipólito

Hurt chegou no Planeta Terra no dia vinte e quatro de dezembro de um ano qualquer. Ele foi observando o planeta lentamente, até que sua nave pousasse. O pouso demorou algumas horas, que foram suficientes para ele se encantar com a festa de Natal.

Sua família sempre visitava o Natal, mas nunca pousava na Terra. Tudo era visto do alto, da janela. Hurt sempre ficava no seu planeta vermelho. Agora com mais idade, ele saiu em busca de novidades. Irrequieto e cansado da sofisticação e complexidade das coisas de seu planeta, Hurt queria ter contato com figuras humanas, queria ter prazeres simples e descomplicados.

Músicas, simplicidades poéticas, noite de festas, felicidade, era isso que ele queria. No seu planeta, tudo funcionava com calma e silêncio. Hurt queria mudanças nos costumes e gostava de mudanças. O Natal é essa confusão que ele buscava, compondo entre o real e o irreal.

Agora ele vivencia o que antes só ouvia falar. "Tudo que sei, aprendi com o meu avô Manuel. Meu avô contava histórias de Natal para mim". Mas ao contrário da sua família, Hurt pousou na Terra e não quis mais voltar para o seu planeta de origem no dia vinte e seis.

Foi seduzido pela música, pela atmosfera feliz e eufórica das famílias, pela luz, pelos ornamentos, pelos presentes, pela comida, pelo encontro com as pessoas, pela expectativa, pelas orações e pelo vermelho. Vermelho, cor predominante de seu planeta, a única semelhança.

Hurt tinha muitas virtudes, mas não conhecia o amor. Aqui, ele aprendeu que devemos amar uns aos outros genuinamente e de todo coração. Hurt fez um pedido para o Papai Noel, mentalmente, no formato de oração, pediu que sua família o visitasse no Natal.

Sua família não suportava coisas novas e a Terra é pura novidade. Mas a magia do Natal acontece no dia vinte e quatro de dezembro, à zero hora, no escuro da noite, quando o coração cheio de amor deseja muito. Pois bem, no dia vinte e quatro, a família de Hurt chegou e pousou na Terra. E o Natal daquele ano foi completo!

Hurt recebeu a família na sua pátria adotiva, mas com elementos da sua antiga tradição. O impacto certamente foi menor para sua fraterna família. A partir daí, todos os anos, no dia vinte e quatro, a família de Hurt pousa na Terra e o espírito do Natal permanece em todos o ano inteiro. Feliz Natal!

SER PRESENTE

Juliana Ubialli

O Natal era a época do ano que Malu mais gostava. Ela amava enfeitar o apartamento com a árvore com bolas vermelhas e douradas, além das luzes coloridas adornando as janelas.

Quando criança, o que mais adorava era poder ficar até tarde esperando dar o horário de abrir os presentes.

Sua família nunca teve muitas posses, mas eles faziam questão de ter algum presente debaixo da árvore.

Malu se recordava muito bem de um Natal específico, em que os pais precisaram pagar um pedreiro para arrumar o telhado da casa. Naquela ocasião, em uma noite de chuva, uma árvore havia caído em cima da sala, quebrando a parede e as telhas que revestiam aquele cômodo.

Seus pais não tinham condições de fazer uma ceia e convidar todos os familiares, e naquele ano em especial não tinham dinheiro para comprar um presente para ela e para o irmão, após terem gastado suas economias na reforma.

Ela tinha apenas oito anos, porém, se lembrava nitidamente que aquele tinha sido o Natal mais fantástico de todos.

Seu pai havia pescado alguns peixes na tarde anterior. Ela e o irmão ajudaram os pais a preparar o tempero com limão e sal grosso e, depois, fizeram a farofa com legumes picados e farinha de mandioca para rechear o peixe. Quando chegou a hora do jantar, o pai o levou para a grelha e a mãe preparou uma deliciosa limonada, com limões colhidos no pé ao fundo da casa.

Ah! Como Malu adorava essas recordações.

Depois de jantarem, o pai contou histórias sobre sua infância com os dez irmãos, quando todos eles aprontavam no antigo sítio da família, fazendo Malu e Lucas darem risadas das lembranças do pai com os tios.

A mãe ouvia com atenção. Mas havia perdido as contas de quantas vezes já tinha escutado aquelas histórias. Contudo, mesmo assim, se divertia com o marido relembrando-as.

Talvez, para muitos, aquele Natal não parecesse ter nada de excepcional. Porém, o fato de os pais estarem presentes, fazendo os filhos se sentirem amados era, para Malu, o que valia muito mais do que brinquedos ou bens materiais.

Hoje, Malu estava à espera dos pais e do irmão em seu apartamento e, graças a eles, ela compreendeu desde pequena que as datas comemorativas servem para celebrarmos sentimentos.

Tal como ela aprendeu com aquele Natal da sua infância, aquela data especial era para guardar experiências e compartilhar verdadeiros momentos de afeto e amor com aqueles que amamos.

AMIGOS DIFERENTES

Kéllyda Antonia Casemiro

Meus pais eram divorciados, meu pai tinha formado outra família e minha mãe estaria trabalhando, então decidiram que eu passaria o Natal com meus avós.

Meu nome é Carlos, tenho 13 anos de idade e fui passar o Natal na casa dos meus avós, João e Angélica, em um pequeno sítio afastado da cidade.

Era dia 20 de dezembro e minha avó preparava o almoço e arrumava a casa, entre outros afazeres, como bordar e tal.

Éramos apenas nós três naquela casa simples e aconchegante.

Eu me sentia muito sozinho, com a minha avó concentrada em seus afazeres e meu avô cuidando das plantações e animais.

Meu avô tinha um funcionário chamado Fernando, era um faz-tudo no sítio. Ele era do tipo caladão.

Ali, eu não tinha amigos, pois o sítio ficava bem distante de tudo. Mesmo assim, eu me divertia um pouco ajudando meu avô a cuidar dos animais.

Passei a sair por volta das três da tarde e a caminhar em meio à mata que ficava atrás do sítio. Naquele lugar tranquilo, eu podia ouvir o som dos pássaros, encontrei um amigo. Ele era verde, com um brilho incrível em sua plumagem, e voava muito. Ficava me olhando lá de cima das árvores. Comecei a levar sementes de girassol, de abóbora e até uma ração para aves que comprei com meu avô. Eu as deixava perto da árvore,

em um galho no alto. Me sentava por ali e conversava com ele. Pesquisei e descobri que era um papagaio-verdadeiro.

Em algum momento, ele começou a descer da árvore, não chegava perto de mim, apenas descia e comia.

Eu ficava longe, observando e conversando com ele. Ele também falava umas coisas que eu não entendia, mas de tanto eu dizer “boa tarde” ele passou a falar também. Passei a chamá--lo de “Verdão”. Ele pareceu gostar, pois sempre respondia.

No dia vinte e quatro, Verdão pousou no meu ombro. Confesso que fiquei com medo de levar uma bicada na orelha, mas ele só conversou comigo em sua língua e foi embora.

Minha mãe veio passar a noite de Natal conosco, meus avós ficaram muito felizes. Mamãe contou que passou a trabalhar na sede da empresa que abriu na cidade próxima. Disse que nos mudaríamos para lá e que eu viria para casa de meus avós todo fim de semana.

Meu avô disse, animado:

— Você trabalha o dia todo, deixa o Carlos aqui e eu o levo para o colégio.

Ela disse:

— Não, vai ser muito trabalhoso.

Então falei:

— O meu avô me leva e eu volto no ônibus que vem para cá, depois sigo caminhando.

Ela concordou e foi uma ótima noite de Natal.

No dia seguinte, fui ver o Verdão e, para minha surpresa, ele trouxe seu bando verde.

NATAL EM FAMÍLIA

Kéllyda Antonia Casemiro

Hum, véspera de Natal
Agitação, arrumação e tal
Família vem a se reunir
Muitas ou poucas pessoas para unir

Famílias grandes
Com muitos parentes
Famílias pequenas
Com poucas cenas

Muitas coisas para fazer e ações
Coisas para arrumar, enfeitar e organizar
É a verdade que nada disso importa
O importante é o amor e o carinho em nossos corações.

Ricos ou pobres
Cada um tem seu Natal
Como tal
Simples ou nobres

Natal é momento de luz e graça
Fé, esperança e sem distinção entre raças
Sempre tem aquele parente
Que não se contém

E uma confusão acontece
E ninguém merece
Por falar demais e provocar
O outro sem pensar

Bom de ser criança
Que vive na esperança
E nada aborrece
Vamos brincar que acontece

Com presente ou sem
A alegria vai passar
E encantar
Cada um que se levantar
E com alegria cantar.

POEMAS DO PAPAI NOEL PARA ADULTOS

Kenacco Kenacco

Ho! Ho! Ho!
O fim do ano chegou e
você já está bem grandinho.
Parece que se esqueceu de mim.
Ainda sou o bom velhinho.
Não tenha vergonha, meu filho.
Pode pedir.
Só porque você está velho e cansado
Não significa que morri.
Graças ao bom Deus sou imortal.
Não duvide da magia do Natal.
Um ano cheio de amor virá.
É só você parar de reclamar.
É só fechar os olhos e acreditar.
Vamos! Não seja tímido.
Pode caprichar no pedido.
Esqueça os analgésicos, remédios para calvície.
Pílulas emagrecedoras.
Milagre, só com Jesus.
Não nasci na manjedoura.
E sem essa de velhice.
Em dezembro viajo pelo mundo inteiro de trenó.
Desço pela chaminé.

A Mamãe Noel é bem mais velha que sua vó.
(Que ela nunca leia este poema. Amém!)
E quando foi que você me ouviu reclamar de
dor nas costas, seu mané?
Apesar destas botas,
meu saco está repleto de fé.
Ho! Ho! Ho!
Obs.: A Mamãe Noel está chamando, não quero aborrecê-la.
Um dos maiores segredos da minha imortalidade:
Sempre ouça as mulheres,
Principalmente a sua.

CELEBRAÇÃO DE NATAL: PASTORIL RELIGIOSO OU PASTORIL PROFANO?

LaFrança

Aconteceu em 1979. As festividades do ciclo natalino eram o assunto das prosas entre os moradores do monte. Cantorias vindas do Clube de Mães ecoavam por toda a cidade nas tardes daquele fim de primavera. A disputa entre os cordões azul e encarnado pulsava forte no coração das brincantes. Nós ensaiávamos a jornada de um folguedo, que é próprio de uma manifestação cultural presente na região Nordeste do Brasil. Essa brincadeira aconteceria na véspera de Natal. As meninas-moças cantavam e dançavam, já pensando na noite do nascimento do Menino Jesus e imaginando como seria o espetáculo delas no átrio da igreja Nossa Senhora da Penha.

Quando chegou o dia tão aguardado, as pastorinhas pelas ruas e pelo entorno da principal praça da cidade passaram cantarolando em direção à igreja. Assim como os três Reis Magos foram orientados por uma estrela lá no Oriente, cá no Ocidente as meninas-moças eram guiadas pela Estrela d'Alva entoada na marcha-rancho "As Pastorinhas", composição criada por João de Barro e Noel Rosa. Os cordões azul e encarnado circunvizinhos aos enfeites natalinos impregnavam a rua e a praça com mais brilho e mais cores.

Alguns moradores e visitantes do monte, surpresos e admirados, paravam e saudavam as brincantes batendo palmas. Outros, de seus pensamentos, ouviam: “Pra onde vai, pastora, tão alegre assim? Vou apanhar flores para o meu jardim. Passou, passou, passou. Passou agora, agora. Passou a pastorinha e ainda não fez meia hora.”

À frente do cordão azul, a Contramestra conduzia as demais pastorinhas. Entre elas, a Florista, a Estrela, o Cruzeiro do Sul e o Anjo. No cordão encarnado, a Mestra na frente, seguida por Ana Mestra, conduziam a Borboleta, a Cigana e outras pastoras. A Diana, pertencente aos dois cordões, vestida de azul e de vermelho, acompanhava-os alegremente e faceira. Além das brincantes, o Velho Veloso, personagem caracterizado de palhaço, furtava sorrisos dos transeuntes. Como diz a canção de domínio público: "Marchamos, todas marchamos. Marchamos todas, todas são iguais. Como é singela, rosa amarela. A flor mais bela do laranjal. Na porta da casa santa, fazendo pelo sinal."

No átrio da Matriz, o público e o palco todo iluminado nos esperavam. Iniciamos a jornada cantando assim: "Meu São José, dai-nos licença para o pastoril brincar. Viemos para adorar, Jesus nasceu para nos salvar." Estava eu no palco, com minha timidez, encarnando Ana Mestra, no vestido feito por minha mãe. O vestido, acima dos joelhos, era de cetim todo vermelho, com mangas fofas, decote redondo, corpo estilo princesa e saia franzidinha.

Naquela noite de Natal, éramos as rainhas do Monte Alegre. Adolescentes, ligadas por distintos laços de família, de fé e do convívio no colegial, movidas pela arte da tradição. E o pastoril na rua deu o que falar. Seria o folguedo em cena um pastoril religioso ou um pastoril profano?

ESPÍRITO NATALINO

Lana D'Ávila Campanella

Naquele dia, acordei mais cedo do que de costume. Tinha um objetivo em mente: começar as arrumações da casa para o Natal junto com meus pais. Nossa família tinha o costume de antecipar as providências natalinas, do cardápio da ceia aos presentes. O mês de outubro findava com o pai fabricando licores para distribuir para família e amigos, em caixas que personalizava. O trabalho era meticuloso e acompanhado de perto pela menina que ia às compras com o pai, no Mercado Público da cidade de Porto Alegre. Lá, nos perdíamos entre bancas das mais variadas especiarias onde eram adquiridos produtos diversos: o álcool de cereais para feitura dos licores da Banca 12, as frutas secas e fiambres da Banca 43 e as frutas frescas nas bancas externas. Costumávamos ir perto das dez da manhã e, nesses dias, a mãe já sabia que a menina voltaria sem fome para o almoço. Chegamos à Banca 43 e o atendente, um senhor franzino de bigode farto e jaleco branco, cumprimentou meu pai cantando:

— *Buongiorno Maestro, guarda questa musica*!

Apesar da meninice, já conseguia identificar que ele cantava um trecho de ópera, que o pai sorridentemente respondeu:

— Bravo!

Além de outras coisas em italiano que minha memória apagou. Meu nariz alcançava o balcão do estabelecimento, de modo que ficava de frente para a vitrine dos produtos. Aliás, que visão privilegiada têm as crianças em relação aos balcões expositores, que revelam, como em uma tela de cinema, as mais variadas iguarias. Cada vez que o pai falava algo comigo, me esforçava de erguer a cabeça, quase desnucando o pescoço para trás, devido à altura dele. Enquanto falavam (e falavam muito), volta e meia o pai me metia algo na boca, de nacos de queijo aos figos cristalizados. E as tâmaras… Hummm… Até hoje, amo muito! Mas, confesso, como sempre fui medrosa com baratas, analisava com cuidado as tâmaras antes de comê-las, pois me lembravam a aparência do inseto nojento. Nossa jornada de compras continuava em lojas que comercializavam vasilhames — usados para os licores —, rolhas de cortiça e cera para vedar as garrafas. Assim, os dias que antecediam o Natal eram coloridos, plenos de atividades e alegria.

Minha mãe também sempre amou o Natal e seus enfeites, era com ela que eu arrumava o pinheirinho. Os adornos, cuidadosamente guardados em caixas de papelão e envoltos em papel de seda, adormeciam por um ano na prateleira da estante, até despertarem para uma nova festa. Os enfeites eram em vidro em formato de bolas, estrelas, sinos, velas, papais-noéis, caramelos em formato de bengala, guirlandas e animaizinhos. As bolas que eu mais gostava eram recortadas ao meio e polvilhadas com um material que imitava a neve. O buraco do centro das bolas refletia uma luz furta-cor quando a árvore de Natal acendia. Aliás, todas as noites até chegar o dia de Natal, acendíamos nosso pinheirinho e o deixávamos como luz ambiente na sala de estar. A ponteira da nossa árvore era uma grande estrela colorida. Era o último adorno a ser posto no pinheirinho e a honra de fazê-lo era minha, guiada no colo dos pais até o alto da árvore. Aquele momento era mágico e um marco para o início oficial dos festejos natalinos.

Com o passar dos dias, iam se acumulando pacotinhos de presente embaixo da árvore, com bilhetinhos indicando para quem eram. Os cartões natalinos também eram muito esperados. Naqueles dias que antecediam o Natal, as caixas de correspondência lotavam. Tenho uma caixa abarrotada deles, com escritas carinhosas a punho, longe da frieza de caracteres das atuais mensagens virtuais. Voltando para os licores, o pai fazia nos sabores café, limão e cidra e os deixava descansar, envoltos em folhas de jornal por alguns dias, antes de ofertá-los como presente. Na véspera do Natal, os preparativos na cozinha iniciavam com o nascer do sol. Eu observava tudo, devidamente acomodada no banco da cozinha. Sempre gostei de cozinhar, logo, todo aquele ritual de temperar a ave gigante, de aplicar "uma injeção" de tempero no peru, era algo surreal para mim. Concomitante, o barulho do liquidificador sugeria que teríamos um pudim saboroso para a ceia. A ave era caprichosamente guarnecida de fios de ovos, cerejas, damasco, ameixas e mais tantas outras guloseimas. A farofa ou sarrabulho não podiam faltar, além de arroz à grega e panetone. Tínhamos um 3 em 1 da Gradiente, mas eles deixavam o som aos meus cuidados, na pequena vitrola verde-clara, que aceitava até discos de acetato (um material que deixava o long play pesado). Nosso último Natal juntos foi em um quarto de hospital onde meu pai estava havia meses. Mesmo assim, estávamos juntos e demos o nosso jeito de comemorar de forma feliz, já que o Espírito do Natal é eterno.

A COR DO NATAL

Marcia Maria Lima

Sempre ouvi falar que a rotina entedia casamentos, desgasta relações profissionais, interrompe dietas... enfim, desestimula a vida. Mas, na minha família, algumas rotinas foram essenciais. A noite de Natal sempre foi uma delas.

Tive uma família materna numerosa. Era composta por dois tios e três tias. Cada um com seus companheiros e filhos. Minha mãe, na posição de irmã mais velha, assumia a posição de matriarca e fazia questão de reunir todos na noite de Natal.

Somos uma família simples e seria muito dispendioso que a ceia ficasse a cargo de apenas uma pessoa, por esse motivo, era compartilhada. Cada um levava o que podia. O produto principal, e que nunca faltava, era o amor e a alegria de estarmos juntos.

Nessa época, eu, meus irmãos e primos éramos crianças. O brilho do Natal nos embriagava. Era a época mais esperada do ano.

Nós não tínhamos uma árvore de Natal dessas que vendem em loja. Nós mesmos fazíamos nossa árvore com um galho de goiabeira. Encontrar o galho ideal era uma saga. Lembro que, por alguns anos, saía com uma das tias pelas ruas do bairro em busca do galho perfeito para nossa empreitada. Ele precisava ter muitos galhos secundários para que não ficasse parecendo uma árvore "vazia". Ao encontrá-lo, eu voltava pra casa como se tivesse encontrado um tesouro. Um tesouro que duraria até o dia de Reis, quando a tradição de desmontar a árvore faria com que o jogássemos no lixo. No próximo ano, faríamos tudo de novo.

Aqueles pedaços de goiabeira foram por alguns anos revestidos de bolinhas de isopor. Essa tarefa foi deixada de lado porque, quando terminávamos, havia isopor voando por toda a casa. Então, nossa árvore de Natal passou a ser cuidadosamente encapada com algodão e ornamentada com bolinhas coloridas e pisca-pisca. O galho era fincado em um balde com terra, que servia para mantê-lo de pé. Bonito? Não, não era. Mas era o que tínhamos. E era tão encantador quanto singelo.

Além da árvore, havia todos os preparativos para a grande noite: pintar a casa, reparar algum elemento que não estivesse funcionando como deveria, fazer uma boa faxina...

Mas havia o ponto principal da festa, pelo menos pra nós, crianças, que era o Papai Noel. Ficávamos na expectativa da visita do bom velhinho, que nunca faltava. Nem sempre trazia o que eu tinha pedido, mas nunca me deixou de mãos vazias. Eu nunca tinha visto o Sr. Noel de perto, ao vivo. Todo ano eu tentava ficar acordada até que ele passasse, mas era vencida pelo sono. Apenas no dia seguinte sabia de sua visita por causa do presente que ele havia deixado. Foi assim até que eu cresci e a ilusão do Papai Noel findou.

Por sorte, meus primos eram mais jovens, e um tio, em um determinado ano, decidiu que se fantasiaria de Papai Noel para entregar os presentes para as crianças, que ainda acreditavam nessa história.

Isso não seria nenhuma atitude tão inovadora, nem ele seria a primeira pessoa a se passar por um personagem. Mas havia um detalhe: meu tio era preto em uma família de brancos. Nossa família nunca entendeu essa característica como um problema, mas, nos anos 80, a cor da pele era um ponto a ser superado. Como ele poderia desempenhar o papel de um personagem branco, de bochechas rosadas e olhos azuis? Esses detalhes não impediram seu plano de levar alegria às crianças. Decidiu-se que ele teria o rosto pintado com pasta d'água e usaria luvas. E assim se fez.

No primeiro Natal em que ele surgiu na porta de casa, foi como se um feitiço de amor tivesse contagiado toda a família. As crianças foram reunidas na sala na expectativa da chegada do visitante mais aguardado. Os adultos não conseguiam tirar o sorriso do rosto. Foi inesquecível. Apesar da caracterização ter sido bem precária, deixando ver alguns pedaços de pele preta, nenhuma criança notou. Elas estavam maravilhadas com aquele homem de barba branca e roupa vermelha que tirava de dentro de um saco seus pedidos. Por anos essa se tornou a nova tradição natalina da nossa família.

A cada ano que passava, meu tio recebia a incumbência de visitar a casa de alguns conhecidos e vizinhos para entregar os presentes às crianças que ali residiam. Tarefa que ele cumpria com um orgulho imenso e sem cobrar nada em troca.

Com o passar dos anos, o cuidado com a aparência foi aumentando, mas nunca o suficiente a ponto de esconder totalmente a cor preta da pele. O fato é que isso era o que menos importava. Na verdade, isso não tinha nenhuma importância. A bondade e doçura daquele coração que se dedicou à tarefa de distribuir sonhos não tinha cor. Não era branco, nem preto ou vermelho, porque o amor não tem cor, nem raça, nem posição social. O amor supera todas as diferenças.

A CEIA

Margareth Cabral

As luzes acesas penduradas em cada canto da cidade anunciavam a chegada do Natal. Fazia vinte anos desde a última vez que coloquei os meus pés naquele lugar. Nossos natais, se é que tivemos algum, eram regados a vazio. Nunca ganhei um presente, nem a presença de meus pais, geralmente alcoolizados e violentos. Meu sonho era ganhar um trenzinho que eu namorava dia e noite à porta da lojinha da cidade. Só recebia surras. Logo cedo percebi que Papai Noel não existia. Completei dezoito anos, deixei a cidade, os meus pais, e tudo o que desejava esquecer. Tornei-me um adulto bem-sucedido, ressentido e sozinho.

Há duas semanas, recebi uma carta. Nela constava o falecimento dos meus pais e a notícia de que eu herdara a casa, mas como cláusula de posse eu deveria passar a noite de Natal no imóvel.

Retornei à antiga casa, disposto a passar pelo martírio das lembranças infelizes. Que estranho! As luzes estavam acesas. Ao me aproximar da porta já semiaberta me deparei com uma mesa linda, candelabros acesos e farta comida natalina. Um aroma contagiante impregnava toda a casa. No canto da sala, uma árvore de Natal até o teto, repleta de bolas, luzes e muitos presentes embrulhados cuidadosamente.

Assustado, ouvi um choro. Parecia que vinha do meu antigo quarto. Na ponta dos pés, curioso e com medo, abri a porta. Um menino abraçado aos seus joelhos, cabeça baixa, sentado no chão.

— Ei, menino, quem é você? Por que chora?

— Sinto dor — respondeu.

Percebi que seu corpo sangrava. Sua pele estava repleta de espinhos grandes e afiados. Pobre menino. Tirei um a um, cuidando de suas feridas. Depois, convidei-o para sentar-se à mesa comigo.

— Menino, onde você mora, cadê sua família?

— Eu moro aqui. Meus pais já morreram.

— E quem cuida de você?

— Disseram que você cuidaria de mim. Adoro rabanadas — disse o menino, fugindo da conversa.

Sem entender nada, me rendi ao momento. Comemos. Brincamos. Sorrimos. Bem cansado, ele adormeceu no meu colo. Sem saber bem como agir, acariciei os seus cabelos e, com o coração tomado de ternura, carreguei-o em meus braços, colocando-o para dormir aconchegado e protegido. Senti como se já o conhecesse.

Enchi uma taça de vinho. A noite mágica e os meus pais vieram em lembranças. Adormeci. Pela manhã outra surpresa: todo aquele cenário da noite anterior havia desaparecido, mesa, árvore, tudo. Corri em busca do menino, mas na cama estava apenas o presente que ele havia me dado e um bilhete: "Obrigado por arrancar meus espinhos. Cuide sempre de nós. Feliz Natal! Pedrinho." Era um lindo trenzinho.

Uma sensação de leveza me inundou. Enfim, é Natal.

O ÚLTIMO NATAL DE MARIA

Maria de Fátima Fontenele Lopes

Maria vivenciou muitos dezembros no decorrer da sua vida e, consequentemente, muitos festejos de Natal. Participou do vai e vem dos transeuntes, vestiu-se com a sua melhor roupa para assistir, com muita devoção, à missa da meia-noite. Quando criança, também acreditava na existência do Papai Noel e esperou muitas madrugadas pelo bom velhinho que chegaria pela chaminé trazendo o seu lindo presente. No céu buscou, anualmente, a brilhante estrela de Belém, símbolo do nascimento de Jesus Cristo. Amava os festejos natalinos das praças e logradouros que, por meio de presépios e bonitas árvores de Natal, reproduziam cenários representativos da chegada do Menino Jesus. Lindas réplicas da Virgem Maria, de São José, dos Reis Magos e dos animais, cada uma com profunda simbologia natalina. Viveu muitas noites festivas do Natal, seguiu eufórica a banda de música no patamar da igreja, ricamente decorado com luzes que reluziam pela cidade. Teve muitos encontros nas lindas noites rememorativas do nascimento do filho de Deus. Por anos, participou das confraternizações religiosas com suntuosas ceias natalinas. Muitos perus na mesa, indicativos de fartura, muitos risos, muitos abraços, muitos brindes com champanhe e tilintar de taças na troca de presentes com a presença de familiares e amigos, ao lado da bonita árvore de Natal, na aconchegante sala de estar. Muda-se o tempo, na rua, burburinhos de pessoas transitando, o vento trazia o barulho e o cheiro da queima de fogos pela cidade, o som dos cânticos e o ressoar do sino na matriz. Na porta da frente, o silencioso pêndulo, na sala, uma escassa iluminação, sem a decorada árvore natalina, sem as luzes coloridas, sem o delicioso peru e sem as alegres presenças das festas anteriores. Sozinha, celebrava com louvor o nascimento de Jesus Cristo na sua verdadeira essência, a entrada de Deus no coração de toda a humanidade. Maria nem imaginava que aquele seria o seu último Natal na Terra. Mas Deus lhe enviou uma singela e repentina alegria: batidas na porta, o sonoro balanço do pêndulo, a fragrância doce da flor vermelha e a triunfante entrada de uma abençoada criança. O grito de alegria, o sorriso espontâneo, o abraço apertado e o sincero "eu te amo". E, assim como Isaías anunciou o nascimento de Jesus Cristo, Deus também anunciou a breve partida de Maria para a casa do Senhor Salvador com o inocente e singelo gesto de amor.

O PRIMEIRO NATAL DE DUDA COM SUA FAMÍLIA DO CORAÇÃO

Maria Eduarda Gonçalves

Era véspera de Natal e, na pequena cidade do interior de Monte Castelo, a alegria estava no ar. A neve caía suavemente, cobrindo tudo com um manto branco, as luzes cintilavam em todas as casas, árvores e postes. As ruas foram decoradas com enfeites natalinos, e o espírito natalino estava em alta. Mas, na casa da família Gonçalves, havia um motivo especial para a felicidade naquele ano.

Alguns meses antes, tinham recebido uma notícia que enchera seus corações de alegria e emoção. Eles queriam ser os novos pais adotivos de uma adorável menininha chamada Duda, de apenas 5 anos de idade. Duda era uma garotinha doce, com olhos radiantes e um sorriso contagiante. Ela havia passado grande parte da vida em um abrigo e, finalmente, encontrou uma família que a amaria.

Os preparativos para o primeiro Natal de Duda com sua nova família foram a todo vapor. A árvore de Natal estava decorada com bolas coloridas, luzes cintilantes e todos os enfeites imagináveis. Duda ficou encantada com a árvore e não conseguiu parar de admirá-la.

— É a árvore de Natal mais bonita que já vi, mamãe! — exclamou Duda com os olhos brilhando de felicidade.

Sua mãe Maria a abraçou com ternura.

— Está linda, não é, meu amor? E o melhor de tudo é que agora você faz parte desta família, e este é o seu Natal conosco.

Duda pulou de alegria e abraçou sua nova mãe com força. Ela não podia acreditar na sorte que teve ao encontrar uma família tão amorosa.

Enquanto os preparativos para a ceia de Natal estavam em andamento, Duda ajudava a mãe a preparar os biscoitos de Natal. Ela estava toda enfarinhada, mas seu rosto estava radiante de felicidade. Duda provou um biscoito e revelou:

— Está delicioso, mamãe. Eles são melhores do que os biscoitos do abrigo!

Maria riu e bagunçou os cabelos de Duda.

— Isso é porque eles foram feitos com muito amor, querida.

O pai de Duda, Luiz, estava ocupado montando os presentes sob a árvore. Ele foi até Duda e lhe entregou um pacote embrulhado em papel dourado.

— Este é o seu presente de Natal, Duda. Espero que goste.

Duda rasgou o papel de presente com entusiasmo e encontrou uma linda boneca com cabelos dourados e um vestido cor-de-rosa. Seus olhos se encheram de lágrimas.

— É a boneca mais linda do mundo! Muito obrigada, papai! — disse Duda, abraçando o pai.

A noite de Natal foi fria, mas o coração da família Gonçalves estava aquecido pela presença da pequena Duda. Sentados ao redor da mesa, eles desfrutaram de uma ceia deliciosa, compartilharam histórias e trocaram presentes. Duda estava radiante, seus olhos brilhavam de alegria a cada surpresa que recebia.

Mais tarde, a família se reuniu em frente à lareira, onde Luiz começou a tocar seu violão. Maria e Duda cantaram músicas natalinas e a sala ficou repleta de harmonia e amor.

Duda olhou ao redor, para o rosto sorridente de seus novos pais, para a árvore de Natal cintilante e para o calor da lareira, sentindo-se incrivelmente abençoada. Ela tinha encontrado sua família do coração, aquele Natal era o mais especial de todos.

Quando chegou a hora de ir para a cama, Duda não conseguiu conter sua empolgação. Ela se aconchegou sob as cobertas quentes e abraçou sua boneca.

— Boa noite, mamãe, boa noite, papai. Obrigada por este Natal maravilhoso. Eu amo vocês.

Maria e Luiz beijaram Duda e sussurraram palavras de amor e carinho. Com um sorriso no rosto, Duda fechou os olhos e adormeceu, sabendo que estava exatamente onde pertencia.

Naquela noite de Natal, a pequena cidade do interior de Monte Castelo estava envolvida por um sentimento de amor e esperança. A chegada de Duda levou alegria e emoção para a família Gonçalves e eles sabiam que aquele seria o primeiro de muitos natais felizes juntos.

Duda finalmente descobriu que a família do coração era tão valiosa quanto a família de sangue e que o amor que ela compartilhava com sua nova família era mais do que suficiente para tornar o Natal verdadeiramente mágico.

NATANAEL E A ÁRVORE DE NATAL

Marques Junior

Natanael era um menino pobre que morava em um vilarejo com os pais. Ele estava à procura de uma árvore para enfeitar a sala da casa da família no Natal, então começou a procurar em todos os cantos e encontrou um pé de ipê que tinha o formato parecido com o de um pinheiro de Natal. Ele se alegrou ao perceber que aquela espécie daria uma belíssima árvore natalina e que sua família ficaria satisfeita por ser a única do vilarejo com uma árvore de Natal.

Mas havia dois problemas:

O primeiro era que aquela árvore era muito grande, muito alta para colocar na sala, então, para acomodá-la dentro de casa, teria que utilizar somente o topo.

O segundo era que ele teria que subir para cortar o topo. Mas o medo não permitia que ele subisse.

Então, o menino teve uma ideia bem estúpida: cortar no tronco e, depois que ela estivesse no chão, ele cortaria o topo para, enfim, levá-la para dentro de casa.

Ele foi até sua casa e pegou um machado para derrubar aquela linda árvore. Porém, quando se aproximou, o inacreditável aconteceu. O pé de ipê falou com Natanael e ele, sem saber quem o estava chamando, pegou o machado com as duas mãos, mas, quando ia começar a golpear, a árvore chamou-o pelo seu nome novamente:

— Natanael, por que queres fazer isso comigo?

— Quem tá falando? — perguntou o menino, assustado, soltando o machado.

— Natanael, não te fiz mal algum, e você tá querendo me machucar?

— Eu só quero o topo para fazer minha árvore de Natal — explicou o menino, chocado ao perceber que era a árvore que estava conversando com ele.

— Para quê? Se eu posso ser uma árvore de Natal completa?

— Não temos nada para o Natal, então estava pensando em pelo menos arranjar uma árvore para nos alegrar.

— Pois vamos fazer um trato: você não me machuca e eu posso ser a árvore de Natal de sua família e de todo o vilarejo.

E assim foi feito, mas, como nem tudo é perfeito, na semana que antecedia o Natal o ipê ficou desfolhado e, para Natanael, tornou-se feio, o que deixou o menino muito triste. Ele já havia espalhado pelo vilarejo a notícia de que faria uma surpresa para a semana do Natal. Falou com todos e fez até um amigo-oculto, para a distribuição de lembrancinhas.

Todo dia, Natanael ficava debaixo do ipê. Adormecia, ficava por lá até o sol se pôr, não sabia mais o que fazer e até se perguntava o porquê daquela situação.

Certo dia, ele chorou abraçado ao ipê. Muitos pensamentos lhe vieram à cabeça e, imaginando que estava ficando doido, deixou suas lágrimas caírem no chão. Os meninos estavam todos rindo de Natanael por ele estar tão empolgado nos dias anteriores e tão triste naquele dia. Ele também não conseguia mais se comunicar com o ipê. Tentava de todas as formas e não tinha resultado, o ipê não respondia e Natanael não sabia por quê. Para ele, o Natal ia ficar mais triste, não existia mais clima natalino, nem os pássaros cantavam mais.

E aí chegou o sábado, dia vinte e três de dezembro, e Natanael não sabia mais o que fazer, sem encontrar justificativa para o que tinha anunciado ao pessoal do vilarejo sobre sua surpresa para o Natal. Então o menino adormeceu debaixo do ipê, não tinha alternativa a não ser ficar e orar por uma solução.

Então, como num passe de mágica, o amanhecer depois daquela noite fria da véspera de Natal se tornou a maior alegria para Natanael, foi o melhor presente de todos os tempos, o seu ipê falou com uma voz serena:

— O que você está achando, Natanael? — perguntou o ipê.

— Belo, maravilhoso, que vida maravilhosa! — respondeu o menino, sorrindo e abrindo os braços de tanta alegria…

— Achou que eu iria te abandonar?

— Sim! Fiquei preocupado e pensei que algo te aconteceria por uma árvore falar com um humano.

— Eu estava preparando uma surpresa melhor para você, Natanael.

— Obrigado! — Natanael abraçava o seu ipê como se fosse o Papai Noel.

— Então chame seus amiguinhos para fazermos o melhor Natal deste vilarejo.

O ipê ficou todo colorido com suas lindas e perfumadas flores amarelas, lilases, brancas, rosa. O orvalho daquela noite deixou as pétalas brilhantes como se fossem luzes natalinas, as estrelas as coroaram com brilho divino e todos foram confraternizar debaixo daquela belíssima árvore.

Natanael, sua família e todos do vilarejo ficaram alegres por ter uma árvore de Natal.

QUANDO O NATAL ACONTECE

Mônica Jacinto

Era dia de Natal, mas a menina negra nunca acreditara no Papai Noel. Então, não acreditaria naquele ano de mil novecentos e setenta nove, no auge dos seus dez anos.

Todos os anos ouvia a mãe dizer que o Natal seria diferente, mas era sempre a mesma coisa: brinquedos vindos da doação de pessoas da comunidade, que nunca correspondiam aos desejados. Algumas bolas coloridas enfeitando o grande pinheiro da frente da casa faziam lembrar daquele dia em que a comida era um pouco mais farta. Nesse dia, podia-se comer mais de um pedaço de frango. Tinha refrigerante e a garrafa de vinho dava lugar ao garrafão de cinco litros, para a alegria dos adultos.

Enquanto o frango cheirava, a menina, na janela, de posse do seu sagrado, rogava ao anfitrião do dia o tal Natal diferente do qual falava sua mãe. Até porque, não queria ver, novamente, o olhar distante da mãe ao findar o dia natalino: uma mistura de banzo e decepção. Em que pensava tanto a sua mãe?

Assim, perdida em pensamentos, de repente avistou uma mulher alta, negra e linda sair de um carro, bem em frente à porta de sua casa. Do carro, a mulher começou a tirar várias caixas e embrulhos.

Os olhos da menina ficaram ainda mais curiosos. Quem seria aquela mulher com tantos presentes? E para quem seriam aqueles presentes?

Subitamente, a mulher começou a subir a escadaria de sua casa. Eram quase onze horas do dia vinte e cinco de dezembro e o tal Natal já estava em curso.

A menina acompanhava atônita, imóvel. Foi quando a estranha visitante gritou:

— Mãe! Cheguei! Sua bênção!

Sim, aquela mulher era a sua irmã que morava no Rio de Janeiro e que não os visitava havia dez anos. Ela a conhecia só de ouvir falar, pois nessa época as fotografias não eram comuns. O melhor registro era a memória dos relatos orais. Mas, em sua memória, a irmã era bem diferente. Não imaginava tamanha beleza! Era essa irmã quem mandava dinheiro todos os meses para ajudar no sustento da família.

A mãe veio acompanhada dos outros filhos e do marido. Ao ver a filha, abriu o sorriso mais iluminado de todos os natais. A pequena casa se encheu de magia e foi aí que a menina se juntou ao abraço coletivo. Pela primeira vez, festejaria o Natal com toda a família junta: mãe, pai e os sete irmãos.

A irmã saiu distribuindo presentes. Muitos, muitos presentes!

Ela não era rica. Era do lar, na cidade do Rio de Janeiro, cidade para a qual se mudara ainda adolescente. Naquele Natal ela havia gastado todo o seu salário e décimo terceiro para levar dignidade e alegria aos pais e irmãos.

Quando o olhar das irmãs, primogênita e caçula, se encontraram, a menina sorriu e se agarraram num abraço fraterno.

A irmã cochichou em seu ouvido:

— Feliz Natal, minha pequena!

E a menina cochichou de volta:

— Feliz Natal, meu Papai Noel!

A vida é assim: em qualquer tempo é possível fazer a diferença, sendo a magia maior num dia de Natal...

NATAL TEM CHEIRO?

Mônica Sato

Era uma noite especial, ainda sinto o cheiro do Natal. Cheiro? Sim… consigo sentir, parece até brincadeira, mas Natal tem cheiro.

Cheiro da árvore que ficou guardada no quartinho do quintal da casa da vovó Yolanda; cheiro das bolinhas de vidro bem fininho, coloridas e brilhantes; cheiro de festão empoeirado.

Ah… quanta saudade…

Minha avó começava cedinho com os preparativos para a ceia, o cheiro de carne assada e frango exalava da cozinha, e nós pequenos já sonhávamos com a ceia e os presentinhos que Papai Noel traria em seu trenó.

Meu vovô Duarte sempre cantava uma música natalina na sala de estar com cheirinho de lavanda e era tudo muito especial.

Meus tios e tias chegavam para a ceia e minha avó estava esperando todos com amor e muita alegria! Seus cabelos pareciam uma nuvem, brancos e meio cinza, com cheirinho de chuva em tardes de verão. Sempre havia o momento em que os adultos contavam causos e histórias engraçadas dos natais passados e isso me cheirava a encrenca, pois muitas vezes saía briga entre eles!

Na hora de dormir, nós, crianças, íamos para o quarto, que tinha cheirinho de naftalina, e esperávamos ansiosos pelo Papai Noel, que para mim tinha cheiro de maçã do amor, talvez pela cor de sua roupa.

Amanhecia e tudo era mágico, na pequena árvore de Natal havia sempre presentes e realmente acreditávamos na magia do Natal, tudo tinha cheirinho de novo e plástico. A bola tinha seu cheirinho especial, a boneca com seu cabelo cheiroso que somente na memória consigo sentir.

Quando cresci, continuei a encantar-me com a magia do Natal e seu cheiro. Hoje, entendo meus avós e a alegria que sentiam por propiciar-nos momentos e cheiros inesquecíveis.

Quando vou à cozinha preparar a ceia, sinto minha avó presente no momento, e quando canto para minhas netas é como se meu avô estivesse cantarolando ao meu ouvido.

Minha vida, agora adulta, tem muitos cheiros, cheiro de saudade do companheiro que partiu, cheiro de netinhas, cheiro de viagens, cheiro de perfumes etc. Mas o cheiro que mais gosto continua sendo o cheiro do Natal, pois a cada ano ele se renova e torna-se mais intenso e significativo.

Cheiro de Natal é assim, quem sentiu nunca mais esquece!

OS ENFEITES DE NATAL

Monique

Certa vez, uma menina chamada Mary resolveu que iria sair de sua pequena cidade para explorar o mundo. Então, juntou todas as suas coisas, se despediu dos seus amigos e familiares e foi embora.

Durante a viagem, ela percebeu que havia chegado em uma cidade muito bonita. Mas não entendeu o motivo de a cidade estar toda enfeitada de brilhos, árvores decoradas, e uma luminosa árvore alta com vários enfeites. Então decidiu perguntar para alguém o motivo de a cidade estar assim.

— Olá, você sabe por que a cidade está toda enfeitada?

— Como assim? É por causa do Natal! Hoje é dia vinte e quatro de dezembro! — uma mulher disse.

— Na verdade, eu vim de uma cidade muito distante e não sei o que é Natal. Você poderia me explicar?

— Bem, Natal é a época mais mágica do ano. As pessoas trocam presentes, cantam músicas especiais, montam suas árvores de Natal, decoram a cidade e muito mais. Aqui, compramos as decorações e colocamos em toda a cidade.

Mary ficou encantada com a magia do Natal, mas tinha que seguir viagem para conhecer outros lugares. Então, depois de um tempo, no mesmo dia, ela chegou em outra cidade, mas essa não estava enfeitada para o Natal. Mary decidiu perguntar para alguém se eles não comemoravam o Natal por ali.

— Olá, vocês não comemoram o Natal aqui?

A mulher riu, e respondeu assim:

— Natal? Aqui nós não comemoramos nada. Natal é coisa de cidades ricas com pessoas ricas. Aqui não tem nenhum rico! Se você quer comemorar o Natal, é melhor sair daqui.

Mary ficou desanimada, não sabia que o Natal era só para pessoas ricas. Decidiu seguir sua viagem e chegou numa terceira cidade, no mesmo dia. Mas essa cidade era diferente. Não havia decorações na rua, mas tinha várias pessoas cantando músicas de Natal, fazendo pequenas e simples decorações natalinas. Então, ela viu uma mulher que estava fazendo cartões de Natal e disse:

— Eu não quero ofender, mas vocês não parecem ser ricos. Por que estão fazendo coisas para comemorar o Natal? Pensei que o Natal era somente para pessoas ricas.

— Olha, na verdade, Natal não é uma festa somente para ricos. Não sei quem te disse isso, mas essa pessoa está totalmente errada. Nós aqui somos simples, mas sempre trabalhamos em equipe para decorar a cidade e fazer várias coisas no Natal. Nós cantamos, fazemos decorações simples, ajudamos uns aos outros, trocamos mensagens natalinas, e muito mais. E se você quiser, está convidada para fazer isso com a gente — a mulher disse.

Naquela hora, Mary conseguiu entender o que realmente era o Natal. Entendeu que o verdadeiro significado do Natal era muito mais que decorações e presentes caros. Ele era feito de alegria e paz, era uma festa que todos podiam comemorar. Então, Mary decidiu passar o Natal na terceira cidade. Depois disso, ela seguiu sua viagem com um novo desejo: levar o Natal para a sua cidade.

UM SEGREDO NATALINO

Natália Dozza

Desde pequena, amava todas as reuniões de família. Dos feriados na praia, dividindo colchão com três primos e uma dúzia de pernilongos, aos casamentos rococós das primas do interior, tudo para ela era maravilhoso.

Mas o Natal… ah, o Natal tinha algo especial. Não sabia se era a esbórnia digestiva ou a incongruência por detrás do vestuário do Papai Noel diante do verão tupiniquim, o Natal era realmente algo mágico.

Só que já fazia alguns anos que ela guardava um segredo. Um segredo que a consumia e tornava o Natal — sua festa familiar dantes tão querida — quase insuportável. Era só começar a ver panetones e chocotones disputando espaço nas prateleiras que já sentia os pelinhos do pescoço se arrepiarem pela chegada de mais um ano, mais uma noite, mais um Natal com aquela mentira, aquela encenação na mesa da ceia.

— Chega! Eu preciso, eu tenho que contar! Quero me sentir livre para poder aproveitar de novo o Natal… — suplicava à irmã mais velha, a única sabedora da verdade.

— Vai lá… fica à vontade… Você lembra o que aconteceu com o tio Pedrinho? Era o favorito da vovó até o fiasco da Páscoa de 2018. Se não fosse a pandemia, vai saber quando a vovó teria aceitado ele de volta nas festas de família.

— Mas, mana, o Natal é sobre isso! Amor, família, união… Jesus veio para nos ensinar a amar o próximo, a aceitarmos nossas diferenças. Ele morreu por esses valores!

— Sim! Só que aí já é outro feriado, para o qual, inclusive, já tivemos uma revelação bombástica na família. Sinto muito, irmãzinha, mas o tio Pedrinho passou na sua frente na fila dos segredos expostos em festas de família. Quer participar do Natal? Respira, pensa em como sobreviver à piadinha do "é pavê ou pacumê?" e torça pelo melhor.

Entristecida, voltou para o quarto, ligou a televisão e, após constatar o "descongelamento natalino" do Roberto Carlos, viu que era isso: mais um Natal vinha aí, de um jeito ou de outro, com ou sem segredo, e a ela só cabia assumir o seu papel na ceia.

No dia vinte e quatro de dezembro, ajudou a mãe a preparar o salpicão e a farofa. Separou os presentes, tomou banho e vestiu-se para aquela que seria mais uma noite natalina sem brilho e sem vontade.

Na casa da vó, as tias haviam tomado a cozinha, os tios se amontoavam no bar, os primos menores corriam de lá para cá, buscando a melhor janela para ver o Papai Noel, e os primos mais velhos já tinham descoberto a senha do Premiere do vizinho (muito melhor que o pacote básico da vó). Ela ajudou a levar as travessas do carro para a cozinha e desmontou no sofá, ao lado da irmã.

— Paula, querida, ajuda a tia a tirar as uvas-passas do kit de petiscos do mercado? É só pôr num potinho e trocar pelas batatinhas que os pequenos adoram.

— Madrinha, eu adoraria ajudar, mas renunciei a toda espécie de participação em arranjos sociais manipulados pela sociedade capitalista... Porém, a Bia é ótima em arrumar potinhos e está maluca para ajudar — disse a irmã mais velha, olhando para ela com a maior cara lavada e pálpebras piscando rapidamente.

— Você vai arder no mármore do inferno — sussurrou para a irmã.

— De novo, referência religiosa equivocada para o momento. Vai lá arrumar as uvas-passas! — e a irmã a empurrou do sofá antes que conseguisse pensar em qualquer saída.

— Gente, de onde a Paula tira essas ideias? Sério, não sei se rio ou se choro! Mas ainda bem que temos você, né, Bibi! — falou a tia enquanto lhe passava o kit de petiscos e o pacote de batatas.

Naquela bagunça da cozinha, a menina tentava focar na tarefa que lhe fora designada. Uma cacofonia de cheiros, cores, texturas e sons se instaurou e começou a tomar a sala de jantar.

Ela levou os petiscos para a mesa, a tia chamou de volta, ela voltou, levou a travessa do arroz, voltou, a mãe pediu para jogar fora as uvas-passas que estavam na pia, ela titubeou, a vó perguntou quem levou uva-passa, ela ficou sem reação, tio Pedrinho entrou na cozinha e fez cara de nojo para a uva-passa.

Chega! Era a gota d'água. Ela tinha certeza de que ia explodir se não falasse. Munida de toda coragem e certa de que seria acudida por um milagre de Natal, a menina gritou a plenos pulmões:

— Eu gosto de uva-passa! Eu amo uva-passa! Em tudo! No panetone (que, aliás, é o verdadeiro "tone" de Natal), na salada, no salpicão, na maionese… Em tudo! Até no arroz!

A vó, ainda segurando o pote de uvas-passas — e relembrando o espanto de quando tio Pedrinho declarou preferir churrasco a bacalhau na Sexta-Feira Santa —, só conseguiu balbuciar:

— Até no arroz?

DEZEMBRO, QUASE 40°

Nelci Palma Procopio

Aproximava-se o Natal, era 1958. Uma família do interior chegava à cidade com três filhos em busca de escola para eles. Dois meninos e eu, a caçula.

Com as poucas economias que tinham, logo compraram uma pequena área e ali edificaram uma casinha bem simples.

Um dia, o menino do vizinho, muito eufórico, correu lá para casa e exibiu uns brinquedos que havia ganhado: uma bola colorida e um caminhão mais colorido ainda.

— Nossa! Que maravilha! — ficamos encantados.

E todo satisfeito ele explicou:

— Foi fácil, é só se fingir de coitadinho. Vocês podem fazer o mesmo! Entrei na loja com meu pai e ganhei esta bola, voltei com minha mãe e ganhei este caminhão.

Fantástico! Pensei. Sabíamos que naquele Natal não haveria presentes, talvez uns doces açucarados. Outras vezes, meu avô materno nos presenteava com alguns metros de pelúcia fustão, tudo no mesmo padrão. É óbvio, sempre acompanhado de muitos conselhos e, ainda, determinando o que minha mãe deveria fazer: uns pijamas ou até mesmo roupas de passeio. Tudo igual, simples assim. Lembrando que era final de dezembro.

Meus pais ouviram atentos a história do menino e, naquele momento, meu pai buscou o olhar de minha mãe e, firme, sem ser duro, falou:

— Nós não vamos pegar brinquedos.

No primeiro momento, confesso que fiquei desapontada, muito frustrada mesmo. Afinal, a distribuição era gratuita, era só se fingir de coitadinha. Era fim de semana, e preguiça meus pais não tinham.

Contudo, vi naquele olhar algo intenso, profundo e até misterioso. Mas senti, também, que havia muito amor.

Mesmo sem entender muito, ficou evidente que a conversa se encerrava ali e desnecessários seriam os porquês.

Então, como algo divino, um raio de luz invadiu a sala e um doce e envolvente abraço uniu a todos, selando de vez o assunto em questão.

Logo chegou o Natal e, como falei, não havia esperança para presentes. Porém, meu avô chegou e, com ele, o mesmo de sempre, recheado de muitos conselhos. Embaixo do braço, trazia um fardo de pelúcia fustão.

Pelúcia! Era dezembro, quase 40 °C.

Terra de lembranças

Nightsky

A terra das lembranças é tida como lenda urbana. Um conto que passou de boca em boca até que perdesse sua mensagem, até que houvesse pessoas que não conhecessem a lenda, até que ela já não fosse mais contada. Até que se tornasse um sonho muito esquecido.

Ágata poderia afirmar que viveu a lenda, poderia descrever a árvore das memórias, o balançar de suas folhas e o uivar do vento. Se perguntassem, ela não negaria, foi escolhida pelo pinheiro, ela teve sua redenção. A mulher ainda se lembrava das noites mal dormidas e do rancor a aprisionando em sua casa em todos os natais, das brigas que custava a esquecer e dos sentimentos que encapsulou na tentativa de não sentir. O pinheiro não poderia tê-la chamado em melhor momento, a guiando através de um sonho que, de tão lúcido, era quase real. Ele a levou em um passeio por suas piores lembranças, por seus piores dias, no feriado que deixou de ser festivo para se tornar opressor.

Ágata não conseguia ver o Natal como um dos bons dias quando era nessa data que suas recordações mais dolorosas haviam ocorrido. Era nessa data que ela e sua namorada tinham terminado. Era nessa data que sua mãe deixara sua opinião clara, dizendo à própria filha que ela já não era mais sua. Era nessa data que escolhera ser escrava das próprias emoções, permitindo que caíssem em suas costas como bigornas, deixando machucados invisíveis, mas dolorosos.

Durante sua aventura nostálgica pelas memórias, percebeu coisas importantes, importantes demais para ignorar. Ágata nunca havia percebido o quanto ela tinha feito as pessoas — especialmente a sua namorada — se sentirem mal até que as visse de outra perspectiva. Acreditando que apenas ela tinha saído ferida das discussões que ocorriam tão frequentemente, fez de seu orgulho uma armadura e a usou para ferir, no processo que deveria ter a proteção como única finalidade.

Havia tanto arrependimento, tanta dor, tanta humilhação. Ágata não conseguia se reconhecer, não conseguia entender como poderia ter se tornado uma pessoa tão rancorosa e agressiva, tão parecida com sua genitora. Já não poderia ignorar o mal que havia causado, nem a dor que se espalhava pelo seu peito como ramificações prontas para puni-la por suas transgressões.

Não houve hesitação. Ágata não pensou em nada além de buscar por sua redenção. Assim, correu para fora daquele mundo, para fora de sua casa e não parou, mesmo que suas pernas latejassem e o suor escorresse por suas costas. Ela não parou de correr. Não até que estivesse diante do seu objetivo, até que estivesse diante daquela que Ágata havia magoado mais, até que provasse todo o seu arrependimento em busca de uma nova chance de se provar.

E então, ela parou de correr, de fugir de si mesma e das outras pessoas, encontrando um lugar para repousar.

Ágata sorriu, observando a namorada adormecida em seu ombro enquanto um filme clichê de Natal passava na televisão. Ela não poderia ter feito uma escolha melhor do que ir atrás de Cecília naquele Natal.

UM NATAL DE LUZ

Paulo Sena

Era véspera de Natal e uma mãe sofrida, com três filhos pequenos para criar, tinha um semblante triste naquele dia festivo. Em sua casa humilde, não teriam o que jantar, ceia de Natal, nem pensar. Mesmo assim, ela havia planejado ir à Missa do Galo. Seu filho do meio chegou em casa muito abatido porque tinha visto, no centro da cidade, um Papai Noel distribuindo presentes para a meninada. Mas ele percebeu que somente os filhos das pessoas mais abastadas ganhavam brinquedos. O filho do gerente da usina ganhou um trenzinho automático que andava sozinho pela calçada, enquanto aquele menino pobre não ganhou nem sequer uma bola de plástico. Sua mãe tinha a explicação, porém, achava melhor ficar em silêncio para não ofuscar a figura mágica do Bom Velhinho.

Após jantar ovos fritos, as três crianças desceram para a rua sozinhos, encontrariam a mãe mais tarde na igreja. No parque de diversões, tocava músicas natalinas animadas. As casas da rua principal estavam de portas abertas, deixando à vista suas árvores de Natal com bolas multicores brilhantes. Os meninos enchiam os olhos com o colorido das casas dos outros. Na casa deles não tinha árvores, nem luz elétrica, só havia duas lamparinas de querosene que tisnavam as mãos. O menino do meio se sentia embevecido com o colorido da noite do Natal. Ele olhava para as outras crianças bem-vestidas com as mãos cheias de brinquedos e, por dentro, lamentava a sua pouca sorte.

A pobre mãe se encontrou com sua madrinha pouco antes da meia-noite, no pátio da missa. Tomou-lhe a bênção. A outra a abençoou e lhe desejou feliz Natal. Ela lamentou que os seus familiares da capital tenham avisado de última hora que não viriam mais, com isso, sua mesa ficara repleta de comidas: assados, bolos e outras guloseimas. Aquilo tudo iria sobrar.

A pobre mulher não havia jantado ao cair da noite, estava com o estômago vazio e não conseguiu segurar uma lágrima. Tinha em mente a imagem de sua mesa vazia. Percebendo a tristeza da outra, a madrinha entendeu que ela estava muito necessitada. Então combinou que, após a missa, ela poderia levar as crianças para cear em sua casa. Assim, aquela noite de Natal acabou tornando-se inesquecível para aquela família, que se refastelou com uma boa ceia, seguida de uma sobremesa de pudim e doce de coco. Os meninos não cabiam em si de tão contentes.

Nenhuma dor é para sempre, podemos superar momentos de dificuldades. Aquele menino estudou, cresceu, deixou sua terra natal e conseguiu o seu lugar ao sol. Homem feito, voltou à sua cidade. E lá chegou quase na véspera do Natal. Andando pelas ruas, ele se lembrou de seus dias penosos de menino. Olhando em volta, viu crianças malvestidas e descalças, crianças que não iriam ter um Natal decente em casa. Aquilo o incomodava. Mexia com sua mente, lembrava o seu passado superado, mas ele sentia que precisava inverter o lado triste do que lhe ocorrera na infância.

Ele havia comprado uma casa para a mãe na rua principal, uma casa bonita avarandada, recuada no centro do terreno, com muros baixos na frente. A mesma casa com uma quadra ao lado onde aconteciam alguns bailes de carnaval quando ele era menor. Ao chegar à casa, ele viu que a mãe tinha terminado de arrumar na sala uma enorme árvore de Natal que ele lhe trouxera de presente. Ele havia sugerido que a mãe colocasse as bolas de um vermelho brilhante em pares, em um mesmo galho. A árvore repleta de bolas da mesma cor estava linda como ele havia idealizado. O cidadão ficou satisfeito, porém, uma ideia lhe ocorreu.

No outro dia, seria véspera do Natal. No meio da tarde, uma árvore de Natal confeccionada com um galho de pereiro foi erguida bem no centro da quadra. Em vez de bolas, havia presentes embrulhados, com o nome de cada uma das crianças mais necessitadas, sua mãe lembrou de todas. Ela se encarregara de convidar as crianças do bairro mais humilde onde havia morado.

A meninada começou a chegar. Era gente humilde, descalça, com roupas limpas, algumas remendadas. A família botou um disco de músicas natalinas na vitrola. Foram servidos salgados, doces e cachorro-quente com suco. O homem observava as crianças comendo satisfeitas.

Após o lanche, as crianças rodearam a árvore. Motivado por lembranças da infância, o homem achou melhor não contratar um Papai Noel, mesmo assim, estava orgulhoso por contribuir com o Natal de tantas crianças pobres. Antes de distribuir os presentes, ele pediu a atenção de todos, porque tinha um conselho útil:

— O caminho para melhorar suas vidas será o estudo! — disse. — Sem instrução, as pessoas terminam pobres para o resto da vida. As crianças são o futuro do Brasil. Estudem, meus filhos!

E, pegando cada presente da árvore, foi chamando as crianças pelo nome. Eram pacotes de tecido para confecção de roupas. Mas, ao final, distribuíram uma caixa de brinquedos que a garotada pareceu gostar mais do que de ter ganhado roupas.

— Feliz Natal! — ele gritou a plenos pulmões. — Desejo-lhes um Natal de luz!

UMA NOITE DE NATAL NA CASA DA VÓ

Rafael Marques

Para minha avó, d. Inez.

Todo ano, passamos a noite de Natal na casa da vó, e lá tudo tem mais sabor, tudo tem sabor de infância: os bolos natalinos, o café no bule, o arroz com uva-passa, a decoração natalina. E depois da ceia sempre tem um docinho, às vezes, de banana com canela, outras, de figo, jabuticaba ou goiaba.

Lá, a gente aprende e revive a nossa história, é uma noite para relembrar a história e conhecer outros antepassados. Ficamos horas e mais horas vendo fotos antigas, tentando lembrar o nome do tataravô, daquele primo, filho de fulano… sempre acompanhados de uma xícara de café ou chá e esperando o momento da ceia de Natal.

A vó sempre tem um ditado popular, um conto, um causo, uma simpatia para a gastrite ou uma receitinha de chá para aquela enxaqueca chata. Na noite de Natal, a vó é a grande mãe, acolhedora e conselheira. Ela sempre tem um sorriso, um brilho no olhar e os braços abertos para um abraço. Esse é o melhor abraço, nunca terá outro igual.

A noite de Natal na casa da vó sempre tem alguém de passagem, uma vizinha ou uma amiga, e ninguém sai de mão abanando: a vó prepara um potinho com bolo ou aquele docinho gostoso. Ela é querida por todos. Nessa celebração, entre árvore de Natal, luzinhas coloridas, *Jingle Bells* e troca de presentes, lá é o ponto de encontro de todos os familiares e, às vezes, aparece mais alguém para passar a ceia conosco.

Nessa noite acontece algo espetacular e intrigante: o tempo voa, as horas passam e a gente não percebe. Quando vemos já temos que partir e fica um gostinho de quero mais, uma sensação de que esse Natal pode ser o último junto com a vó.

A vó carrega em si as marcas dos anos que passaram, ela tem todas as idades, é anciã, é sábia, acolhedora... mulher forte, é como uma águia, está sempre atenta e preocupada com os seus. Vó é mãe duas vezes, é mãe doce, é o elo com a nossa infância.

CHAMPAGNE DE NATAL

Rafaéla Milani Cella

A safra de 2015 foi a verdadeira "safra de luxo". Sou a prova disso! O clima foi perfeito durante todo o ano até a colheita. A terra contava com tantos nutrientes, umidade, ambiente confortável que a assemblage ficou a melhor de todos os tempos.

O método que usaram para minha produção foi a Champenoise: primeiro, fermentei em tanques de aço inoxidável. Depois fui engarrafado e vedado. Passei por nove longos anos descansando em adega e fermentando na própria garrafa.

Esse tempo foi essencial para que eu me tornasse o melhor champagne da última década.

Fui comprado por uma família de italianos: os Milani, de Treviso, na região do Vêneto.

Fomos acomodados, eu e meus irmãos, em caixas de madeira acolchoadas e transportados em caminhão-baú climatizado.

Fiquei feliz ao chegar ao lar daquela família grande e alegre. A casa tinha sido toda decorada para o Natal e percebi que a celebração em que eu estaria presente seria especial.

Quando fomos descarregados, ouvi o *nonno* falar, batendo palmas:

— *Mamma Mia*! Chegaram os champagnes!

A família toda se reuniu ao redor das dez caixas que ali estavam. O neto mais velho foi quem me tirou da embalagem, me segurou com cuidado e, ainda mais animado que o *nonno*, falou:

— Francesca será minha esposa, vou pedir a mão dela em casamento hoje. Nosso Natal será extraordinário e vamos celebrá-lo com essa perfeição!

E fui eu, o melhor champagne do mundo, com borbulhas no céu da boca, que marcou o início de uma união feliz em um lindo Natal na Itália.

CELEBRAÇÃO INVISÍVEL

Rafaela Schendroski

Era véspera de Natal. No quarto, no andar de cima, a menina terminava de se arrumar para a festa que começaria em breve; na sala de jantar, a mulher e o menino ajeitavam, sobre a fina toalha vermelha com fios dourados, numa simetria que beirava a perfeição, as louças e os talheres escolhidos, criteriosa e especialmente para aquela ocasião. Na sala de estar, o homem ajeitava os últimos presentes sob a árvore decorada com luzinhas coloridas e penduricalhos que remetiam a flocos de neve, a despeito do calendário e do calor do estio, recém-chegado ao Hemisfério Sul. Já do lado de fora, no quintal da família Silva, sob a exuberância de uma mangueira carregada de frutos, outra família: a das formigas. Diminuta em estatura, mas infinitamente maior em número, e com esmero muito semelhante ao dos humanos, ela também se preparava para sua própria celebração natalina. Com a rainha, Dona Formigalha, na dianteira, e o diligente Sr. Formigoso liderando os esforços, os membros da colônia estavam ansiosos pela festa.

Ao som distante de cantigas de Natal, vozes e risadas vindas das casas da vizinhança, as formigas emergiram de sua toca sob a terra, prontas para explorar o mundo dos humanos em busca de tesouros culinários que lhes garantiriam uma ceia farta. O aroma irresistível das frutas da estação, dos assados e dos doces flutuava, misturando-se ao ar fresco da noite.

A mesa dos Silva, embora decorada de maneira simples, era bastante acolhedora e convidativa. Estava ocupada por frutas frescas, nozes e sobremesas típicas (e outras nem tão típicas assim).

Os humanos já podiam dar início à festa; o vovô e a vovó haviam chegado, afinal. Ao ouvir a voz da avó, lá embaixo, perguntando por ela, a menina desceu correndo as escadas. Terminada a troca de afetos, mais alguns presentes foram colocados debaixo da árvore.

Passado algum tempo, enquanto, em meio às risadas e aos brindes, os humanos desfrutavam da agradável companhia uns dos outros. As formigas, com suas cestas improvisadas, feitas com as folhas caídas da mangueira no quintal, seguiam em sua busca apurada por pequenas delícias com as quais pudessem cear.

Dona Formigalha, com suas antenas erguidas e olhos constantemente atentos, liderava a expedição de formigas operárias. Ela orientava a colônia a encontrar os pequenos fragmentos de festa sobre a mesa e no chão. Os Silva, inconscientes da visita noturna, celebravam entre si, imersos no calor da família e da tradição natalina.

Sob as luzes suaves do quintal, as formigas encontraram seu caminho até um pedaço de goiabada e algumas migalhas de farofa. Enquanto se reuniam ao redor de uma folha, a sensação de comunhão enchia o ar. A escala diminuta da celebração não diminuía em absolutamente nada o charme e a importância.

Foi somente quando a pequena Elisa, sempre curiosa e observadora, percebeu em seu colo uma formiga carregando uma migalha do biscoito amanteigado que a vovó trouxera para a sobremesa, e que ela havia deixado cair no vestido novo, que a dualidade da festa foi revelada.

Com algum jeito, a menina colocou a criaturinha sobre a ponta de seu dedo indicador. Em seguida, agachou-se e pousou-a no chão, com toda a delicadeza, levemente estabanada, de que dispunha no alto de seus sete anos, seguindo-a com o olhar. Assim, notou a longa fila de formigas, desde o quintal, rumando em direção à mesa do jantar. Levantou-se, aproximou--se da pequena reunião de formigas e, com um sorriso afetuoso, compartilhou um pedacinho de sua própria goiabada.

Naquele momento, Dona Formigalha, com um sutil aceno de antenas, expressou sua gratidão pelo gesto gentil de Elisa. Embora o gesto pudesse, facilmente, passar imperceptível ao olhar adulto, a julgar pela piscadela da menina, eu poderia jurar que ela não apenas percebeu, como retribuiu o gesto da pequena criatura. A revelação de que a festa era compartilhada entre humanos e formigas acrescentou uma camada de graciosidade àquela noite.

Enquanto a celebração continuava sob a mangueira, a família de formigas e os Silva compartilharam um Natal que transcendeu as barreiras entre os dois mundos, mostrando que a verdadeira essência da data reside na capacidade de enxergar os detalhes e atribuir-lhes a devida importância, além da generosidade que une seres, independentemente de sua natureza ou estatura. E assim, sob um céu estrelado de verão, formigas e humanos compartilharam uma noite especial, cada um, à sua maneira singular, contribuindo para a magia que permeia as noites de Natal.

MEUS SINCEROS VOTOS

Raquel Moreira Machado Fernandes

Te desejo renovação,
Ainda que por vezes não compreenda a sua missão.
Te desejo esperança,
Ainda que por vezes te falte decidir o destino.
Te desejo fé,
Ainda que por vezes o sonho pareça impossível.
Te desejo saúde e amor, a bênção de uma vida sem dor.
Te desejo prosperidade,
E pra isso não é preciso ser CEO.
Desejo paz na alma.
Tempo.
Sossego.
Desejo o universo inteiro.
A calma, a cura.
A felicidade mais pura.
O extraordinário valor de um dia normal.
Desejo a cor mais bonita,
O gosto mais intenso,
A possibilidade mais ousada.
Desejo que encontre sua potência,
Que mova suas montanhas.
Neste Natal e em todos os outros,
Deixo meus sinceros votos por uma vida cheia de vida.

NA CASA DA VÓ MARIA

Raquel Moreira Machado Fernandes

Quando eu era criança, minha época favorita do ano era o Natal. Eu gostava de comprar e ganhar presentes, enviar cartões pelo correio e comer comidas típicas. A casa da minha avó era o local escolhido para a família toda se encontrar.

— Anda, Rosana, vamos embora logo! — dizia meu pai, carregando quinze sacolas com arroz, farofa, salpicão e tudo que tinha direito de levar para lá.

A casa da minha avó era a azul no topo da rua. Todo ano meus avós faziam questão de pintar e enfeitar a fachada com pisca-pisca. E, dentro de casa, cada detalhe era decorado com muito amor: tinha árvores, sinos, estrelas, renas e Papai Noel para todo lado! Nos guardanapos, nos pratos, nos copos, nas toalhas...

— Que confusão! Parece uma feira! – dizia tia Sandra.

— Você demora muito para se decidir — comentava meu avô Anastácio enquanto fritava os melhores bolinhos de bacalhau do mundo.

— Calma! Roberto Carlos já vai chegar! — reclamava vó Maria.

— Hoje tem mousse de maracujá — avisava Drinha, toda miudinha.

Ouvíamos os discos de vinil na vitrola enquanto trazíamos a torta de abacaxi para enfeitar a mesa.

No quintal, eu e meus primos brincávamos a noite toda, extasiados com a magia do Natal. Uma vez, até vimos o Papai Noel passando de trenó em volta das estrelas. E não é que depois de deixar os presentes, o danadinho comeu umas rabanadas? Hoje em dia dou risadas. Hoje em dia tenho lindas memórias de nossos momentos em família. E agradeço por cada noite feliz que passamos juntos.

AH, O NATAL

Renata Lodi

Ele sempre encantou essa menininha, protagonista desta história. Quando ainda muito criança ela contava os dias para essa data especial, dia de ganhar presentes, reunir a família para um belo almoço e juntar as primas e primos para ver qual deles tinha ganhado o melhor brinquedo.

Naquele Natal, ela tinha dez anos e seu sonho era ganhar uma linda boneca, ela esperou tanto por isso! Sonhava todas as noites e contava nos dedos os dias para segurá-la nos braços. Acontece que ela vivia rodeada de outras crianças, a família toda sempre morou perto uns dos outros. Eram avós, tios e tias e os filhos de todos eles. Na rua onde morava, era festa todo dia por causa daquela galerinha. Todas as crianças da rua iam ganhar bicicletas, mas ela não abria mão da boneca, afinal não poderia trocar um presente tão significativo por um brinquedo de duas rodas.

Chegou a véspera do Natal, aquela alegria só. A boneca já estava comprada, só esperando a noite chegar para ser dela. Sua mãe fez um delicioso bolo e, por cima, colocou leite condensado e muito coco. Ela, o irmão e todos os primos brincaram o dia inteiro para a noite chegar rápido e junto com ela os presentes. E assim foi, ela ganhou a tão desejada boneca, o irmão ganhou o carrinho mais incrível e todas as outras crianças ganharam bicicletas. A noite terminou com ela e o irmão vendo *Mary Poppins* e comendo bolo de coco.

Foi um Natal incrível, mas como nem tudo são flores, aconteceu o que seu pai falara para sua mãe: "Isso não vai dar certo, depois eles vão ficar tristes porque as outras crianças têm bicicleta e eles não."

Aí, se referindo ao irmão porque ele também não quisera trocar o presente. Ela segurava sua amada boneca enquanto via as outras crianças dando voltas e voltas na rua com suas bicicletas, não que ela estivesse arrependida da troca, mas era triste mesmo assim, afinal, os primos não a deixavam dar nem uma voltinha.

Mas seus pais fizeram uma surpresa e, dois dias depois do Natal, deram a ela e ao irmão as mais lindas bicicletas. A dela era rosa com uma linda cestinha para carregar dentro todos os penduricalhos possíveis. Vocês conseguem imaginar daí como ela ficou feliz?

Naquele dia, ela entendeu o poder que os pais têm, o poder de realizar sonhos. Hoje, a infância já passou, mas isso ainda acontece. Ela ainda é surpreendida por eles com os mais belos presentes e as mais lindas surpresas. Podem acreditar!

Esta é uma história verídica, vivida por esta autora que ama a própria família e também faz o possível para realizar o sonho de outras pessoas.

O NATAL É ÉPOCA DE PARTILHAR

Rosangela Bispo

No Natal, a magia está no ar,
uma estrela no céu a brilhar
é tempo de paz, de amor e união,
na noite de luz, de celebração

O presépio com Maria e José,
anuncia a chegada do rei, talvez,
um bebê nasceu em humilde manjedoura,
para trazer esperança e alegria duradoura

Nas ruas, luzinhas piscam a sorrir,
e o frio do inverno nos faz reunir,
trocam-se presentes com todo carinho,
um gesto que aquece o coração sozinho

Crianças aguardam o bom velhinho,
com esperança e olhos no sininho,
o Natal nos lembra do que é essencial,
o amor, a família, ser gentil e especial

Que esta festa ilumine todos os corações,
com alegria, harmonia e muitas canções
Natal é época de partilhar, perdoar,
e lembrar do amor em cada olhar.

FELIZ NATAL

UM NATAL DE ENCANTAMENTO

Rosângela Fernandes Terra

O Natal se aproxima e, ao dirigir pelas ruas da cidade, uma doce lembrança, rasgando o véu do tempo, com o piscar das luzes e enfeites, me levou a um dos natais mais especiais de minha vida... na casa de meus avós, com toda a família reunida e não faltava ninguém!

Meus primos e eu ficávamos deslumbrados com o brilho das bolinhas coloridas, festões e enfeites diversos. Morávamos numa fazenda e não tínhamos a árvore de Natal, mas na casa da vovó havia um maravilhoso presépio enfeitado, simples, mas que nos encantava. Quando íamos visitá-la, ficávamos em volta daquela obra de arte que nascia de suas mãos talentosas, uma obra-prima que ela tirava do nada!

Não víamos a hora de chegar o Natal e recebermos os presentes, simples, mas encantadores aos nossos olhos. Um momento realmente mágico e cheio de ternura! Meu pai sempre me mostrava uma estrada e dizia que ela daria na casa de Papai Noel... eu imaginava a casa cheinha de brinquedos, com luzinhas coloridas a piscar, festões, embrulhos de presente e enfeites de Natal por todos os lados.

Me lembro de meu avô e dos tios jogando truco enquanto brincávamos ao som de músicas natalinas tocadas com a graça de uma harpa. Um cordão de lâmpadas era colocado no terreiro da casa. O burburinho de conversas e o alarido de nós, crianças, era o doce som, sob as estrelas cintilantes e meio encobertas por nuvens de chuva, típicas dessa época de verão, e às voltas com o cheiro específico de pernil assado. Uma mesa simples, recheada de frutas da época, abundantes na fazenda, e uma ceia rica de sorrisos, esperanças, desejos de felicidade, prosperidade, paz e saúde, após vivenciarmos a Missa do Galo, celebrada na capelinha da fazenda, junto a todos os outros colonos.

Os ecos que vieram lá do fundo do meu coração trouxeram lágrimas de saudade e um sorriso largo no rosto. Natal é uma celebração muito especial e familiar. Um Feliz Natal às crianças do mundo inteiro e às crianças que fomos e que ainda se encantam com esta época, dentro de nós!

APENAS MAIS UM CONTO DE NATAL

Rosangela Soares

Nada de ficção. De fato, era real tudo o que estávamos vivendo. A vontade de não folhear mais um jornal era grande. Mas elas estavam lá para nos assombrar. Todas as primeiras páginas mostrando imagens dos horrores da guerra; tudo aquilo que jamais queríamos viver e só pensávamos em esquecer e esperar pelo fim do que nunca deveria ter começado no mundo. "Paz", uma palavra de apenas três letras que tanto ansiávamos ouvir, ou então ver estampada em todas as manchetes de jornais espalhados pela cidade.

— Filha! Desliga isso aí! Vá dormir! Vá descansar! De que adianta? Ela, a guerra, já conseguiu ceifar muitas vidas, destruir toda uma história e continuará com seu ganancioso papel de aniquilação.

— Mãe... não consigo parar de pensar em Anthony e no quanto deve estar se sentindo só. Não consigo! Logo ele, que adora estar em família justamente nesta época do ano! — Deixou escapar algumas lágrimas.

— Isso já é travar uma batalha consigo própria. Que tal uma prece, mentalizarmos o melhor, emitir pensamentos de paz, boas vibrações para Anthony? O pensamento positivo é o melhor remédio nestas situações.

Minha mãe estava coberta de razão. De nada adiantaria e nada, absolutamente nada poderíamos fazer para mudar um quadro tão aterrador. A guerra sempre deixando suas marcas físicas e psicológicas. Preferi dormir para esquecer tanto infortúnio.

Daquele momento conturbado, confuso, violento, amedrontador restaram apenas Anthony e eu para mais um voo sobre a terra — ou sobre o que restou dela depois que todos se foram e só restaram cinzas. Na verdade, não queríamos voltar. Queríamos ficar mais um pouco para continuarmos sentindo a harmonia astral. Acordei! Tudo não passava de um sonho. Ou seria um pesadelo toda aquela vivência?

Não era o momento. Não era o momento. Com Anthony fora de casa, tudo parecia sem sentido e terrivelmente vazio, pois a casa era sempre, nesta época do ano, alegre, aquecida com seus abraços, seu sorriso, com seus olhos de estrelas. Nada faria sentido sem ele quando o velho relógio na parede desse as badaladas da meia-noite. Quando o lindo pinheiro enfeitado no canto da sala de estar se iluminasse porque estaríamos comemorando mais um Natal como fazíamos outrora, todos os anos.

Anthony sabia preencher o ambiente de som toda vez que dedilhava seu velho violão ou quando se sentava ao piano e, com maestria, nos nutria com os belos acordes de sua canção e voz harmoniosa, nos convidando a cantar junto com ele. Naquele momento, sentíamos a doce presença do aniversariante.

Mas quando veríamos Anthony novamente, sentado à mesa, compartilhando em família um momento único, tão nosso? Ah... Que falta Anthony fazia naquele momento de puro medo, apreensão, pois a guerra não poupava ninguém. E se nos perguntassem de quem era a culpa ou qual lado estaria com a razão, ah, responderíamos que ninguém em sã consciência haveria de ter razão. A imagem terrível de que as trincheiras eram a cama dele e que, nos acampamentos, não apenas seus olhos, mas os dos outros, procuravam as estrelas como se fossem respostas às situações tão extremas. O chão frio era o aconchego de noites frias e intermináveis. Os barulhos dos tiros de metralhadoras, canhões e bombas eram os mais terríveis e tenebrosos acordes de um despertar, talvez, sem futuro.

Seria, sim, mais um Natal sem Anthony. Que espaço haveria em nossos corações, nesta velha Inglaterra, para comemorar esta data num momento de tanta tristeza e de tantas perdas? Entretanto, o espírito natalino, um aroma no ar, nos cobriam de esperanças. Não era um dia como outro qualquer em que ficávamos de um lado para o outro, naquela correria do dia a dia, com tantos afazeres, preocupações, com coisas fora do nosso alcance.

Era um dia incrível! Esquecíamos até mesmo que estávamos numa situação rotineira. Era época de Natal. Tudo era muito mais festivo. As pessoas até se transformavam, se toleravam, se compreendiam mais. O sorriso era visível no rosto das pessoas. Até o brilho no olhar era singular. Ah... as riquezas de cada um. Um parece ser tão pobre que só tem como riqueza a posição, o dinheiro trancado a sete chaves num cofre. Mas, no outro, só se via bondade, generosidade, melodia, nos olhos: brilho de estrelas, poesia em versos brancos ou rimados, estrofes perfeitas que desembocavam em música. Assim, eu penso ser Anthony com toda a sua simplicidade britânica.

Vesti o meu melhor vestido para a nossa humilde ceia de Natal. Antes da meia-noite, a campainha da porta soou forte. Todos, sentados à mesa, se entreolharam. Me levantei para abri-la. Estática, emudeci. Mal pude crer. Era Anthony de volta para nós. Era real.

— Eu disse que voltaria para vocês — disse, parecendo cansado. Nos abraçamos num abraço de anos de um longo tempo de separação, como nunca havíamos nos abraçado. Choramos juntos, todos juntos.

— Como senti sua falta, Anthony, meu amor. Como estou feliz por Deus ter ouvido nossas preces.

Anthony entrou, abraçou todos e sentou-se à mesa.

— Anthony! Vai deixar seu amigo parado na soleira da porta? Faça-o entrar e comemorar conosco. Vou buscar o vinho que você tanto ama.

Assim que ela saiu, todos se entreolharam em silêncio, sem entender. Uma luz forte invadiu todo o ambiente e, com ela, o aroma de rosas.

Porque era Natal, tudo poderia passar em branco. Menos a presença d'Ele, o Amor.

PRADA NA QUITANDA

Rosangela Tremel

Véspera de Natal em Paris. Minha primeira ceia sozinha nessa data, na cidade da luz, com neve, muita neve. Sentia frio na pele e na alma, sem qualquer ilusão de que seria um momento fácil. Já me extasiara olhando as vitrines inesquecíveis das grandes lojas e, agora, restava esperar a visita do Papai Noel.

Na rua, em frente à minha janela, o frio envolvia os raros passantes. Neste cenário, decidi ir comprar algo na modesta quitanda, com a intenção de socializar. Meus passos ecoavam solitários em pleno início de noite de Natal.

Entrei na quitandinha vestida sem nenhum glamour: muitas camadas de roupa sob casaco impermeável, botas de neve, luvas, gorro de lã.

Enquanto escolhia frutinhas sob o olhar impessoal da quitandeira, que não me deu qualquer sopro de solidariedade naquele momento de solidão (Paris é assim mesmo), deparei com a única outra cliente que estava comprando uma só fruta e cigarros (também ignorou meu sorriso). Detalhe: ela usava casaco com gola de pele (sintética, espero sinceramente, mas tenho dúvidas) e botas de saltos altíssimos. Isso tudo para transitar em uma cidade vazia, pós-nevasca.

Quando fui pagar, ela, a outra cliente, estava na minha frente e não sobrou um só lugar no balcão do caixa para meus itens, pois ela colocara uma enorme bolsa aberta, onde se lia claramente "Prada". Altas grifes na barraquinha de frutas.

Tive bastante tempo para observar detalhes da costura e da etiqueta para ter certeza de que era legítima.

Na ausência de qualquer dúvida, fui invadida por um profundo sentimento de pena que tanto a bolsa Prada, de acabamento perfeito, forro original, legítima com direito a certificado, não tivesse outro destino que o de ser usada para ir à quitanda em solitária noite de Natal.

Se eu fosse aquela pessoa, há muito teria buscado outro lugar para exibir tal tesouro. O local era tão inadequado e dissonante quanto o ridículo conseguia abarcar, deixando ainda espaço para profunda compaixão em função da data. Diferentemente de mim, não parecia restar naquela mulher qualquer crença natalina, sentimento que me ajudou a atravessar o desafio daquela solidão.

Esse foi o único Natal em que estive por minha conta, tendo uma colorida réplica do bom velhinho como companhia a olhar comigo pela única janela. A cena que nunca esqueci foi a da bolsa Prada na humilde quitanda de Paris. Triste. Oxalá ela viesse a frequentar lugares mais chiques no futuro. Este foi um de meus pedidos para o Papai Noel.

PAPAI NOEL VEIO E O LEVOU EMBORA

Rubiane Guerra

Na minha cidade não há neve, nem frio, nem desfiles... é uma cidade do interior da serra gaúcha calma e afetiva. Somos uma família grande: pai, mãe, quatro filhos e uma filha. Eu sou a filha do meio e tinha dez anos quando tudo aconteceu. Jamais esquecerei aquela véspera de Natal que me trouxe tantas alegrias e muitas decepções.

Em alguns lugares do mundo, o Papai Noel passa entregando presentes preestabelecidos pelos pais nas casas de algumas crianças que obedeceram durante o ano. Aquela foi a primeira vez que ele apareceu fisicamente na nossa casa. Não era gordo, nem muito real. Tinha barba um pouco falsa e as roupas limpas demais para quem tinha trabalhado o ano todo em nossos presentes. Todas as crianças da casa ganharam um presente: meus dois irmãos mais velhos, carrinhos de ferro, de coleção, eu, um jogo de boliche, meus dois irmãos mais novos ganharam carrinhos de corrida. Mas o Noel fez algo inesperado para alguém da minha idade...

Realmente não esperava por aquela condição do Velhinho. Na vez do irmão mais novo, ele solicitou algo em troca. Sem pestanejar, o gurizinho deu seu amigo mais íntimo ao Velho e este o levou. Subiu em sua caminhonete e o levou embora sem olhar para trás. Que velhinho chantagista, como podia fazer aquilo?

Quando a noite chegou, na ceia de Natal, o problema realmente começou. O bebê queria dormir, mas não podia.

Choros e gritos foram ouvidos na casa toda. Nós irmãos nos reunimos no quarto mais afastado, esperando pelo pior. Aquele velho realmente precisava ter levado ele? Resolvemos devolver nossos presentes. Não aceitaríamos aquilo de forma nenhuma. Colocamos os presentes embaixo da árvore de Natal, aquelas de antigamente, feitas com galhos de árvores velhas com barba de mato e com o surrado presépio. Rezamos para a gritaria acabar.

Não passou muito tempo para que o milagre acontecesse. Tudo silenciou. Quando espiamos pela porta, o gurizinho dormia calmamente. Meu pai então nos explicou docemente que o Papai Noel acabou deixando algo em seu bolso sem querer. Como mágica, o bibi, o bico, a chupeta do guri, voltou à boca e seus estalinhos foram ouvidos na doce noite de Natal.

Não sabemos o porquê, mas até hoje o velho não ousou nos visitar novamente para deixar presentes. Sempre entra em casa e deixa embaixo da árvore, silenciosamente…

O CAMINHO DO TREM

Samara Pagan Rodrigues

Acordo com o solavanco do trem. Com certa sonolência, lembro-me do motivo da viagem. Minha mãe não está nada bem, e, segundo o que foi dito pelo meu irmão, devo vê-la o mais rápido que puder.

Tal pensamento me gera desconforto, afinal, não estou pronta para dizer adeus. Ninguém está. Inconscientemente, aperto o pequeno embrulho que trago em minhas mãos, porém, momentos após, fico preocupada com a possibilidade de ter estragado a embalagem.

Por sorte, o embrulho verde e vermelho continua intacto, protegendo uma miniatura de trem que comprei em uma loja de conveniência assim que soube que precisaria ver minha mãe.

Pensar naquele trem de brinquedo é nostálgico... Encosto a cabeça no vidro do vagão em que me encontro e começo a viajar em pensamentos...

Nunca me esquecerei daquele Natal. Tinha seis anos quando, ao pé da árvore de Natal de plástico, cheia de pisca-piscas coloridos e bonecos de pelúcia, abri uma embalagem que continha um grande trem de brinquedo. Eram vários vagões e trilhos, pessoinhas de plástico e casinhas que compunham a vila do Papai Noel. Não tive mais interesse por qualquer outro presente naquele ano: tudo o que fazia era observar o trem dando voltas ao redor da árvore de Natal, apitando regularmente.

— Para onde o trem vai quando some de vista, mamãe?

Ao som da pergunta, ela me lançou um olhar carinhoso e apontou para o túnel de plástico, no qual conseguíamos ver o trem retornando para onde estava segundos antes.

— Ele vai para muito longe, mas sempre retorna para que possamos nos reunir para o Natal.

A lembrança é esmagadora. Eu já não voltava para casa havia alguns natais…

O tempo passa depressa, como as paisagens que vejo pela pequena janela do vagão. Antes de pensar duas vezes, estou no hospital. Vozes de parentes e amigos há muito tempo esquecidas cruzam a minha memória conforme caminho pelos corredores do prédio.

A árvore de Natal do hospital encontra-se abandonada em um canto, sem pisca-piscas e enfeites, sem a alegria dessa festa para torná-la mágica. Observo-a por um momento, antes de prosseguir para a porta que me foi indicada.

Seguro o trenzinho com força contra o peito, e entro no quarto onde minha mãe está.

Sinto-me com seis anos novamente ao observar o sorriso fraco, mas familiar, que está nos lábios dela. Cuidadosamente, entrego-lhe o embrulho. Antes mesmo de abrir a embalagem, ouço um murmúrio suave:

— Eu sabia — minha mãe diz.

Uma onda de culpa emerge em mim. Ela me esperou por muitos natais.

Minha mãe rasga o embrulho de modo trêmulo, as mãos com movimentos relutantes seguram o pequeno trem no qual está escrito Feliz Natal, em letras douradas.

— Eu te disse que sempre voltava… — O sorriso dela aumenta. — Sempre volta no Natal.

VÁRIOS NATAIS, UMA FAMÍLIA

Angela Schettini Batista

No último mês do ano, comemora-se o Natal. Dia vinte e cinco é o aniversário de Jesus. O amor se multiplica em nós mesmos e nos outros. Surgem muitas lembranças de outros natais. Para que fiquem registradas nas memórias e a saudade não fique mais sofrida, são partilhadas pequenas histórias, como esta vivida por Tati. Ela gosta de histórias de amor.

Durante os últimos anos, Tati participou dos natais da família à qual passou a pertencer, por se casar com o filho mais velho de Zico e Rosa, o Leco. Não sabe dizer se sempre foi assim do jeito que ela os conheceu. Zico e Rosa tinham mais dez filhos e a maioria era casada. Com o tempo, as comemorações foram modificadas. Tati e Leco também tiveram seus filhos e netos. E com eles, seu próprio Natal, que, diga-se de passagem, é bastante animado.

A família de Zico e Rosa começava o Natal com, no mínimo, vinte e cinco pessoas. Foram nascendo crianças para alegrar ainda mais essa festa. Como toda boa família mineira (estava esquecendo de dizer que moravam no interior de Minas Gerais). tinham o coração e a porta da casa sempre abertos para quem mais chegasse. E chegavam: os tios de Volta Redonda com suas famílias, alguns do Rio de Janeiro. E os filhos que moravam em outras cidades. Quem vinha de longe encontrava a pequena cidade em festa, adornada para os festejos natalinos.

Meu Deus! Como era bom! Todos falavam a mesma língua.

A casa era pequena para tantas pessoas, porém enorme no acolhimento. Lágrimas escorrem do canto dos olhos de Tati enquanto se lembra das cenas vivenciadas. Não era hábito da família ficar em hotéis. Por mais que se esforce, é difícil lembrar como se fazia para caber tanta gente naquela casa. E um só banheiro. Mas era tudo tão organizado que nem se viam filas. Alguns ficavam hospedados na casa de outros familiares.

A cozinha era muito movimentada. Rosa comandava o batalhão dos que se apresentavam na arte de cozinhar, enquanto os demais se dividiam nas outras tarefas. Assunto era o que não faltava. Muito menos, amor. O que mais chamava atenção era a quantidade de mangas Ubá existentes na ocasião. Eram bacias e mais bacias dessa deliciosa fruta que todos chupavam com casca e tudo, deixando o caldo escorrer pelos braços. Tati ainda pode sentir o perfume da manga Ubá.

Umas das noras de Rosa gostava de levar presentes para todos, enquanto outras não eram favoráveis. Tentaram abolir. Quando se é jovem os valores deixam de ter seu verdadeiro sentido. Tudo precisa ser perdoado. Os presentes continuaram chegando. Imagine fazer amigo-oculto com tantos participantes.

Até que se terminasse, as crianças já teriam dormido e os mais católicos perderiam a Missa do Galo, à meia-noite. Rosa jamais faltaria a esse ato de fé, no aniversário de Jesus.

Havia toda uma preparação para a ceia da noite de Natal. Comidas deliciosas, todas feitas em casa. Até a torta de nozes e a rabanada (Tati ficou especialista). Interessante, não acontecia bebedeira. Um espumante e estava bom demais. Sem falar na leitoa. Ah! Essa merece um capítulo à parte.

Tinha que ser assada inteira, não cabia no forno do fogão. Zico fazia questão de levar a leitoa para ser preparada na padaria. Tinha de fazer reserva do forno. Imprescindível que esse animal ficasse bem assado para ser disposto no centro da mesa, com uma maçã na boca semiaberta. Era muito elogiada, leitão à pururuca com a pele bem crocante. Disputadíssima. Tati pensa em procurar nos seus guardados fotos desses natais. Ela tem essa leitoa bem viva nos seus pensamentos.

Chegou o momento de ir à igreja, bem pertinho da casa de Zico e Rosa. Ela escolheu essa casa para morar, faz sentido. Da casa se ouvia os sinos a badalar, convidando os fiéis a orar e o som de cânticos natalinos.

Na manhã seguinte, as lindas histórias de Papai Noel. Por onde ele entrou? Como deixou tantos presentes e ninguém viu? Só pode ter passado quando todos saíram para a Missa do Galo. Ficavam satisfeitos com as explicações.

Enquanto ainda estavam todos lá na cidade, passeios eram organizados. Claro que são chamadas de passeios as pescarias da família que permaneceram no tempo e no espaço. Todos são pescadores, mas isso é uma outra história.

Aos poucos, retornavam às suas cidades de origem, já sonhando com o Natal do próximo ano.

E houve continuidade, por muitos e muitos anos.

Zico e Rosa agora fazem natais no céu, bem perto do Papai Noel.

A família se reorganizou com seus próprios natais, porém nunca se viu uma leitoa na casa de qualquer de seus filhos. Tati não viu!

NESTE DIA

Solange Carneiro

Neste dia aqui…
Neste Natal, aqui…
Fico sem o que fazer entre as portas e janelas.
Olhando tudo e todos e me perguntando por quê?
Os dias se passaram como o vento passa pelo nosso rosto, sem percebê-lo.
As horas voando pelas asas do tempo, ao alvorecer.
Neste Natal, aqui…
Contentes com nossos presentes
Contentes por nos ver todos reunidos outra vez.
A mesa posta,
As luzes acesas com tanta claridade como se fosse dia.
Todos nós crescemos
E como crescemos…
Nosso Natal, aqui…
Nosso senhor, aqui…
E a vida passando, aqui…
Pensei em tanta coisa neste ano que se finda,
Imaginei tudo e o nada
Vivi a alegria e a tristeza
A força e a luz,
A vida e a morte
Tudo e o nada
Neste ano cresci com Deus.
Percebi Deus agindo em mim

Sua força e sua luz tão claras como as nuvens
Brancas do céu.
A estrela e a vida
A esperança do futuro
E as experiências do passado.
Meu coração pequenino e o coração de Jesus menino
Voltando a bater mais e mais forte
Cheio de luz e brilho do esplendor do Senhor.
Ouço o barulho do mar no meu ouvido, as ondas macias
E a brisa leve e suave cantando
E cantando cada vez mais forte,
Enchendo e fortalecendo a terra e as flores
De um coração que nasce mais uma vez hoje,
E para todo o sempre aqui…

A ÁRVORE PRATEADA E AS BOLAS QUE QUEBRAVAM

Soraia Veloso Cintra

O Natal é uma das datas mais mágicas do ano e pode fazer daquela pessoa mais triste a mais feliz, mesmo que por uma única noite. Para a pequena Sol, esse era o significado do Natal e, conforme crescia, se encantava com a época mais festiva do ano. Ela não sabia direito o significado do Natal, mas aquelas bolas coloridas a hipnotizavam.

Ao sair de qualquer lugar que tivesse uma árvore, Sol chorava muito porque na sua casa nunca tinha aquelas bolinhas. Quando ficou um pouco maior, pediu para sua mãe uma árvore cheia de enfeites coloridos como aqueles que ela via todos os anos e, finalmente, naquele ano, na noite de Natal ela descobriu, encantada, que a mãe havia atendido seu pedido e comprado uma árvore. Era pequena, prateada e tinha dois conjuntos de bolas — um rosa, outro azul. Sol pulava e dançava de alegria e queria colocar todas as bolinhas na árvore. A mãe ria e explicava que as bolinhas quebravam fácil, eram de vidro, então era preciso cuidado para não se machucar. Explicou também que naquele ano elas colocariam as bolinhas rosa e no ano seguinte as azuis.

E durante os anos seguintes, quando o Natal ia se aproximando, a árvore prateada com as bolas que quebravam era montada. Aliás, ao longo dos anos, muitas bolas viraram pedacinhos. Foi somente quando Sol cresceu que ela percebeu que sua mãe não ficava tão feliz no Natal e que uma sombra de tristeza pairava no ar quando dezembro chegava.

Demorou um pouco para ela finalmente compreender que aquela era a época mais triste do ano para sua mãe, pois tinha sido em um vinte e quatro de dezembro que o avô de Sol havia falecido. Sol não queria que a mãe ficasse triste, então passou ela mesma a comprar novos enfeites natalinos para que pudessem celebrar juntas todas as noites de Natal. Enfeites, aliás, que são mais seguros, não quebram, não machucam. Mas os maiores presentes vieram depois: Sol teve filhos e o Natal tomou outro sentido. A vovó montava a nova árvore com os netos e ali cabia de tudo: brinquedos, pelúcias, fotos, doces, bolinhas, luzes, o que as crianças quisessem. Durante alguns anos foi possível manter o espírito de Natal vivo, graças aos netos que chegaram. Mas a vida é feita de despedidas e, quando a mãe de Sol partiu, a árvore prateada saiu de sua caixa novamente e Sol decidiu que naquela noite, na noite de Natal, em memória de sua mãe, bolas azuis e bolas rosa seriam colocadas juntas na árvore prateada para que sempre se lembrassem que, mesmo na adversidade, o Natal é celebração, magia, alegria e união.

O MILAGRE DE OUTUBRO

Tamara Lima

Em uma noite de Natal, a pequena Cecília olhava seu reflexo na bolinha mais brilhante do enorme pinheiro que havia ajudado sua mãe, Antônia, a enfeitar. Muito curiosa, a menina quis saber o significado da árvore de Natal.

— Ora! — disse sua mãe, recolocando uma bolinha que o cãozinho Nick tinha derrubado. — Há muitas versões sobre a árvore de Natal, mas acho que você já tem idade para entender a tradição da árvore de Natal na nossa família.

— Conta, mamãe, conta!

— Está bem. Acho que temos tempo até os convidados chegarem para a ceia.

A mãe de Cecília, então, a acolheu no tapete junto à árvore, com o cãozinho ao seu lado.

— Nossa história de Natal não tem início no dia vinte e quatro de dezembro. Nem mesmo no mês de dezembro. Ela começa em outubro…

Era uma vez, uma família muito unida, que tinha o hábito de festejar tudo. Todo fim de semana, a família se reunia na casa dos pais, onde foram criados seus três filhos: duas moças e um rapaz. Todos já haviam saído de casa e constituído sua própria família, mas aquele núcleo nunca se dissolvia.

Quando chegava o Natal, os pais sempre enfeitavam toda a casa. Era muito divertido ver o patriarca brigar com os pisca--piscas: "Mais uma vez, uma luzinha está queimada. Sempre tem uma luzinha queimada!"

Mas, no ano em que o patriarca completaria 76 anos, ele não conseguiria chegar até o Natal. Um mal havia se abatido sobre ele, dando-lhe pouco tempo de vida. O mês de outubro marcaria para sempre aquela família...

O marido da filha do meio, a vendo tão triste com a doença do pai, decidiu fazer algo para lhe trazer, ao menos, um acalento diante daquela dor. "O que posso fazer para trazer o seu sorriso de volta, meu amor?", ele perguntou. "Não há nada que possa ser feito, a não ser a cura para o meu pai."

Isso, infelizmente, o marido dela não teria como atender. Mas em uma conversa com o sogro, já de cama, ouvindo-o contar suas histórias de Natal, o marido percebeu que poderia, ao menos, levar um pouco dessa magia para o seu grande amor, e descobriu que no alto da montanha mais alta do outro lado do mundo havia o maior e mais mágico pinheiro da Terra.

"Você não pode ir agora!", disse a esposa. "Papai não aguentará muito tempo." O marido dela respondeu: "Eu preciso ir! Preciso trazer uma esperança para o seu coração novamente." Ao ouvir a conversa, o patriarca chamou os dois: "Deixe-o ir, minha filha. A magia do Natal não pode morrer."

Decidido, o marido deu um último abraço no sogro, beijou a esposa e os filhos, e então partiu rumo à sua expedição. Ele enfrentou o frio, o calor, os animais selvagens, a dor e a saudade para chegar àquele pico. Do outro lado do mundo, o patriarca piorou até entrar em um sono profundo e nunca mais acordar.

Na mesma noite de chuva, o amado marido da segunda filha retornou com o enorme pinheiro. Mas se decepcionou quando viu que todos estavam tristes e chorando. "Você não chegou a tempo. O papai se foi", lamentou a esposa.

Com tanta tristeza, ninguém deu importância ao pinheiro, que, instantaneamente, ficou seco e oco. Por um longo ano, ele ficou esquecido no quartinho de limpeza.

Quando chegou o outubro seguinte, a família se reuniu em homenagem ao patriarca. Enquanto todos conversavam, os filhos da filha do meio decidiram brincar no quartinho. Enquanto todos choravam de saudade, ouviu-se um barulho muito alto vindo de lá.

Todos foram correndo ver o que tinha acontecido. Quando chegaram no quartinho, se depararam com as crianças caídas em meio a uma árvore seca e velha. Nesse dia, a criança mais velha ganhou uma bela cicatriz no joelho. A mãe a consolava, enquanto o pai retirava a árvore seca: "Não sei o que essa árvore ainda faz aqui. Por que não a jogou fora?", reclamou a esposa, soprando o machucado da filha. "Ela só traz más lembranças."

Triste, o marido começou a retirar a árvore, mas parou na sala, onde os demais começaram a relembrar as histórias do patriarca, que sempre enfeitava a casa e reclamava das luzinhas que não funcionavam. Pouco a pouco, as lembranças foram sendo trazidas e, com elas, sorrisos e até mesmo risadas.

Imersos nas lembranças de Natal, os adultos não perceberam, mas as crianças sim. À medida que as lembranças eram contadas, os galhos do pinheiro iam se erguendo, as folhas voltando a serem verdes. O grande pinheiro seco era, novamente, o maior e mais mágico pinheiro do mundo.

— E aí, mamãe? O que aconteceu depois? Conta! — insistiu Cecília.

— Bem, quando os adultos, enfim, ouviram as crianças, se deram conta do grande milagre de Natal e se lembraram das palavras do patriarca, que foram...

— A magia do Natal não pode morrer! — Cecília gritou com alegria.

— Exatamente! E é por isso que a nossa família tem a tradição de montar a árvore de Natal em outubro. Agora, vamos nos apressar, pois os convidados já estão chegando!

Cecília abraçou a mãe e, saltitante, se afastou com o cachorrinho, quando, de repente, voltou correndo.

— Ah, mamãe! Vê se quando for mexer com o pinheiro de novo você toma mais cuidado, hein? — sorriu, dando um beijo na cicatriz que a mãe tinha no joelho.

AMIGO-OCULTO É COISA SÉRIA

Tamara Lima

Leandro tirou Luana,
Que tirou Rodrigo,
Que tirou Ana.

Ana tirou Lívia,
Que tirou Narly.
E a brincadeira seguia assim.

Amigo-oculto é coisa séria,
Não se conta, nem desvenda.
Se alguém banca o detetive,
Contra a brincadeira atenta.

Lívia e Luana,
Mocinhas travessas,
Certo Natal decidiram
Mudar a brincadeira afeita.

Investigam aqui,
Investigam acolá.
"Se quem tirou não quer nos contar,
Seu papelzinho vamos olhar".

Mistério desvendado!
As meninas já sabiam
Quem todo mundo tinha tirado.

Chegou a noite de Natal.
Todos na vovó reunidos
Para a data especial.
Música e dança,
Comes e bebes.
É chegada a meia-noite,
Momento da prece.

Choros emocionados,
Votos de Feliz Natal.
Ceia posta, deliciosa!
E o amigo-oculto, afinal?

Abre-se a roda,
É a hora da verdade.
As investigadoras, muito espertas,
Não se aguentam de vaidade.

Leandro é o primeiro.
Luana, ele havia tirado.
Ela se antecipa à roda,
Afinal, já havia sacado.

Mas…

Leandro tirou Nely,
Que tirou Jean,
Que tirou Nancy

Nancy tirou a vó,
Que tirou Maró,
Que tirou…
"Espera!"
Está tudo errado.
Não eram esses
Os amigos tirados.

Uma trama se armou
Para as xeretas despistar.
A família toda decidiu
Os amigos trocar.

Amigo-oculto é coisa séria,
Não se conta, nem desvenda.
Se alguém banca o detetive…
Contra ele, todo mundo atenta.

UM NATAL DIFERENTE

Tatieli Machado

Já era possível sentir o aroma que vinha da cozinha. Ah, como aproveitariam os deliciosos pratos daquela noite. Não que não houvesse comidas deliciosas todos os dias, é claro que havia, os pais valorizavam muito a boa refeição para o crescimento das crianças. Mas, naquela noite os pratos seriam especiais — era noite de Natal.

A casa estava decorada, uma linda árvore no canto da sala, cercada por diversos presentes. Havia enfeites em tons de verde e vermelho espalhados pelos móveis e luzes brilhantes na parte de fora da casa.

A mesa começou a ser preparada: toalha, pratos, talheres...

Toc Toc.

Quem seria àquela hora? Não estavam esperando ninguém. Não saberia a pessoa que era noite de Natal? Aparecer bem no horário do jantar, mas que falta de educação!

O pai atendeu a porta. Um visitante estranho se pôs a falar:

— Boa noite, senhor, me desculpe aparecer neste horário. — O homem do lado de fora abaixou a cabeça e logo voltou a erguê-la. — Meu nome é José, moro duas ruas para baixo. Meu filho bebê está com fome, mas infelizmente não consegui comprar leite como deveria. Será que os senhores teriam algum litro de leite para me emprestar? Eu prometo que os pago.

— Infelizmente, somos todos intolerantes à lactose, não temos leite aqui.

O rosto do visitante imediatamente perdeu o pouco brilho que tinha.

— Entendo, senhor, de qualquer forma obrigado pelo seu tempo. E tenha um bom Natal.

Dizendo isso, o homem começou a se dirigir para a rua, e o proprietário da casa logo se apressou em dizer:

— Espere, vá à sua casa, busque a sua família e venha passar o Natal conosco. Enquanto isso, eu providenciarei o leite para seu filho. Sei de um supermercado que ainda está aberto.

— Mas, senhor, passar o Natal aqui com sua família? Nem nos conhece!

— Então, será uma ótima oportunidade para nos conhecermos, vizinho.

Aquele Natal foi diferente, a família do anfitrião não passou sozinha como nos anos anteriores e a família convidada teve, pela primeira vez, uma ceia de verdade. Afinal, comidas deliciosas era o que não faltava naquela casa.

UM SONHO DE NATAL

Thaís Maciel Percego

Era época de Natal e Thiago mais que depressa foi comprar alguns enfeites e luzes para o jardim de sua casa enfeitar. No início daquele ano, tinha se mudado com a família para uma chácara e passara meses pensando que seu Natal seria mágico naquele lugar.

Tinha feito um jardim com um aconchegante pergolado, banquinho de praça, troncos para sentar e muitas flores plantadas.

Era um espaço bonito e que todos gostavam de ficar, com uma fogueira de tijolos para assar marshmallows, onde se tocava violão e davam boas risadas.

Tinha também dois pinheiros, um de cada lado do jardim, que já foram plantados para a ocasião do Natal.

Eles foram cultivados com todo carinho e, agora podados, aguardavam para ser atração nesse período do ano tão especial.

Thiago passou o dia arrumando as luzes na parte de fora da casa, enquanto sua esposa Thaís e sua filha Giovana montavam a árvore e colocavam os enfeites na sala.

Aquele clima mágico que só o Natal tem tomou conta deles e o sorriso estava presente em cada bola que Giovana colocava.

Alguns símbolos fazem parte da decoração natalina e deixam o ambiente mais harmonioso e bonito, são velas, botas, guirlandas, tudo se completa e não há regras para organizar, só deixar fluir a imaginação.

E crianças têm criatividade de sobra: Giovana estava animada e ficava encantada com cada enfeite, ah e claro, o Papai Noel só vai aonde a criança preparou tudo com amor no coração.

Tudo pronto lá dentro, elas acenderam os pisca-piscas, quanta felicidade, principalmente da Giovana, e a alegria preencheu aquele lar.

Como é bonito ver as luzes, os enfeites e ser criança que espera o Papai Noel ansiosamente, e sabe que agora que está tudo enfeitado, ele com certeza vai chegar.

Thiago tinha dentro de si um sentimento bem particular e uma ansiedade para acender as luzes do lado de fora.

Havia algo dentro dele que gritava e ele sentia seu coração bater mais forte conforme se aproximava o momento, era chegada a hora.

Chamou a esposa e a filha e fez até um efeito sonoro de suspense, estava muito ansioso e finalmente chegou o momento.

Quando acendeu as luzes e viu o jardim iluminado, não se conteve de emoção e lágrimas escorreram de seus olhos, era um maravilhoso sentimento.

Compartilhou o que sentia com a família e disse que desde criança adorava luzes e ficava animado com a magia do Natal.

O que ele sempre quis era ver uma árvore de Natal bem bonita e as luzes deixando tudo brilhante na sua casa, mas lá seus pais não enfeitavam nada e ele apenas observava as casas vizinhas do seu quintal.

O pensamento que ele tinha era sempre que, quando crescesse, ele mesmo iria montar uma árvore de Natal e encher de luzes sua casa, que um dia viveria a magia do Natal e seria a pessoa mais feliz do mundo.

E naquele instante Thiago, a esposa e a filha estavam ali abraçados, aos prantos e ao mesmo tempo com o coração cheio de alegria. Era um sonho de infância se realizando, um momento mágico, especial e muito profundo.

Não havia nada que pudesse tirar o brilho daquele momento e não havia sensação melhor do que ver um desejo se tornando real.

E o melhor era poder compartilhar esse momento e deixar uma linda memória para sua filha, além de uma grande lição de que se deve acreditar no seu sonho e que um dia ele vai se realizar. Aquele era um dia feliz e inesquecível, era um sonho de Natal.

UMA NOITE DE NATAL

Tina Bonalume

O Natal resiste em nós…

Mesmo diante do flagelo de almas pobres de espírito

Porque a grandeza do ser humano está em olhar ao próximo como a ti mesmo

Em jamais guerrear com quem está desarmado

Em acolher num afago denso e terno aquele de que a friagem da ingratidão se apoderou

Resgatar, devolver-lhe a dignidade, a esperança, a fé

Ser o colo que na dor se desejou

O Natal (resiste) em nós

Mesmo assistindo à mais cruel das guerras travadas lá fora

Onde o inocente é quem paga com a própria vida, os desconcertos de uma classe ignorante no quesito amar

Onde a reciprocidade tentou até chegar, mas foi contida

Onde o orgulho e o nome é que muitas vezes falam mais alto

Onde esquecem a luta árdua de um povo para sobreviver

Das muitas noites maldormidas pra manter o compromisso com tua real existência

O Natal (resiste) em nós

Na necessidade e na urgência daquele que diante da fome virou pedinte

Daquele que os estilhaços da economia afetou

Também daqueles que carregam na face a incerteza do amanhã, a ingenuidade do grito que ecoa em tua alma, num profundo silêncio

Na exuberância contida a pedir socorro
O Natal (resiste) em nós
Nos gestos nobres, daquele que na intensidade de um inverno rigoroso voluntariou-se
Fez-se um verdadeiro herói
Que arriscou-se pelas ruas, a acolher e a doar
A saciar a fome, a aquecer os corpos
Pra devolver alento àquele que realmente precisa
Porque a necessidade é urgente,
Não espera
O Natal (resiste) em nós
Ao entendermos como somos privilegiados
Por nos alimentarmos diariamente
Por termos o alívio, o descanso
Por podermos usufruir, contemplar as maravilhas que DEUS nos proporciona
Ao tocar, sentir profundamente em nosso coração a real condição do nosso semelhante
O Natal (resiste) em nós
Naquele a quem o terremoto abriu fendas horrendas em tua alma
Naquele a quem a guerra dizimou toda família
Naquele a quem a água carregou todos os pertences
Naquele a quem a ausência destruiu grande parte do teu ser
O Natal (resiste) em nós
Ao celebrarmos o nascimento de Cristo
Ao vivenciarmos o renascimento... a ressurreição
E mais que isto...

Ao ignorarmos nossa dor
Por vermos refletir nos olhos serenos e inocentes da criança
A fantasia e o desejo de sonhar
Ao termos a certeza e a convicção
De que ainda há tempo…
Tempo de acolher o outro
De apagar as cicatrizes que se fez ao longo de toda nossa caminhada
Para somente então usufruir do Natal
Vivenciar o verdadeiro amor que existe em nós
Para adormecer tranquilo nesta noite de Natal
Noite natalícia de hoje e de sempre!!!

LEMBRANÇAS DO NATAL

Udi

Cresci sem conhecer avós, nem tios, nem primos, pois estes ficaram esquecidos no nordeste brasileiro, uma vez que meus pais fugiram de lá para o sul do Brasil e nunca mais os procuraram. Integrante de uma grande família de dez irmãos, sete meninas e três meninos, afrodescendentes nordestinos, passei minha infância inserida num núcleo colonizador essencialmente de italianos, onde o Natal era data de grandes festas, noivados e tal, sempre acompanhado de uma grande árvore de pinheiro araucária, com bolas cintilantes que quebravam facilmente, por isso nenhuma criança chegava muito perto, também tinha minivelinhas que eram acesas somente na noite de Natal.

Na minha casa não havia nada disso. Tudo que sabia do Natal era que poderíamos ir à casa dos padrinhos, onde também se encontrava uma grande árvore na sala de estar, por vezes acompanhada de pequenas figuras chamadas de "presépio". Observava aquilo, achava interessante, mas como na nossa casa nada daquilo existia, deixava de ter importância. Lembro que alguns vizinhos faziam biscoitos pintados e nos ofereciam, como que com pena do nosso minguado Natal.

Hoje, retomo as memórias e parecem mais compreensíveis as razões pelas quais meu pai sempre ficava muito zangado nessas datas. Minhas irmãs cochichavam: "Vai estragar de novo o Natal." A pobreza que vivíamos não gerava expectativas de, algum dia, ter uma árvore de Natal ou algum outro enfeite na casa nessa data.

Lembro-me de um acontecimento que me ocorreu aos sete anos, pelos idos de 1965, aliás, um ano de grandes significados. Morávamos numa vila onde o grupo escolar ficava próximo de casa, aproximadamente um quilômetro. Por conta das peripécias de minha irmã mais velha, fomos obrigados a estudar numa escola isolada, a cinco quilômetros de casa.

No início do ano letivo, a professora costumava fazer uma avaliação sobre o aprendizado e me classificou para o segundo ano. Também tinha o costume de comemorar os aniversários e foi então que descobri que sempre havia comemorado meu aniversário no mês errado. Até então, meus parabéns eram no dia 8 de março, mas, com a matrícula com certidão de nascimento, descobri que estava registrada em 8 de abril. Não só fiquei mais velha um mês depois, mas também comemorei duas vezes naquele ano.

A professora, uma senhora já de certa idade, preparava apresentações em datas comemorativas, mas, numa comunidade essencialmente germânica, muitos cantos e teatros eram em alemão e eu nunca era escalada para apresentar, mesmo sabendo os cantos.

Enfim, chegou o fim do ano e a tão esperada noite de Natal, que teria a visita do Papai Noel. Todos estavam ansiosos, eu jamais havia visto um. Terminadas as apresentações, chegou o bom velhinho e chamou uma a uma as crianças pelo nome. Meu pai queria ir para casa, mas eu queria o meu pacotinho. A professora perguntou: "Teu pai encomendou?" Acenei com a cabeça que sim. De tanto insistir, acabei ganhando um pacotinho de doce. Descobri, muito tempo depois, que os pais tinham contribuído para o presente e esse não era o meu caso, pois na pobreza que vivíamos, devo imaginar que sequer foi cogitado pedir contribuição para os meus pais, mas, enfim, dada a minha insistência em ficar ali, recebi um pacotinho após a interrogação do bom velhinho: "Você obedece a mamãe, obedece o papai também?"

Passaram-se os anos e já adulta, morando com minha mãe, que havia se separado de meu pai, ganhei minha primeira árvore de Natal. Tinha mais ou menos uns quarenta centímetros, era artificial, toda prata. Decorei com caixas de fósforos empacotadas em forma de presente e algumas bolas, ficou linda. Nunca mais deixei de fazer a decoração de Natal, já fiz árvore natural, de pinheiro americano, fiz com galhos secos, fiz com pinheiro araucária e, também, artificial. Hoje meus enfeites são mais sofisticados, não quebram como os sonhos de infância, e brilham e reproduzem a alegria de estar junto com os meus, somos um grupo reduzido, mas feliz.

O ANJO DE NATAL

Vera Amaral

Em um pequeno vilarejo, no sopé de uma montanha, vivia uma menina de olhos grandes e cabelos desgrenhados. Chamava-se Alice e era esperta que só ela. Perambulava pelas ruas feliz e despreocupada, cumprimentando as pessoas que via pelo caminho, admirando as vitrines das pequenas lojas por que passava.

Fazia isso sempre, mas hoje era um dia muito especial. Era época de Natal e as lojas já estavam arrumando suas lindas decorações natalinas: sinos, árvores de Natal, Papai Noel e suas renas, presépios e anjos, numa profusão de cores e luzes que a encantavam.

— Bom dia, pequena Alice! — o senhor Miguel apareceu cumprimentando, era o dono de uma confeitaria. — Como você está? Gostaria de entrar e saborear um doce? Temos aquele de que você gosta tanto, de chocolate com avelã!

— Humm… que delícia… mas agora não posso, estou indo para a escola, é o último dia de aula antes das férias natalinas e não quero me atrasar… — Alice se deteve um instante antes de continuar sua caminhada. Percebeu que a confeitaria não tinha nenhum enfeite de Natal, nenhuma árvore iluminada, nenhum presépio, nenhum anjo. Sem luzes, sem cor…

— O que está acontecendo, senhor Miguel? É época de Natal e sua vitrine está assim tão triste, tão sem vida… onde estão os enfeites de Natal, as luzes que sempre brilharam ao seu redor?

— Não tenho mais ânimo, nem disposição para essas coisas, minha cara Alice. O que você está vendo nada mais é do que minha confeitaria refletindo o estado da minha alma... não tenho mais alegria, não há mais luz em mim.

Alice continuou seu caminho rumo à escola, muito intrigada com as palavras do confeiteiro. Foi um dia incrível! Muita diversão com os amigos, brincadeiras e tudo o mais. A que mais gostou foi uma atividade natalina em que cada criança fazia um enfeite de Natal. Alice fez um anjo dourado e estava ansiosa para mostrar para a mãe quando chegasse em casa. Mas algo a incomodava... não conseguia esquecer a tristeza de seu amigo confeiteiro, pois nada pode impedir o pensamento de voltar àquilo que nos perturba.

— Mamãe! Mamãe! Veja só que lindo esse anjo dourado que fiz hoje na escola! — Alice foi logo dizendo assim que chegou em casa. Contou afoita como fora seu dia, em especial, sua conversa com o confeiteiro. A mãe explicou que ele tinha motivos para estar daquele jeito, pois seu filho único morrera na guerra e isso despedaçou o coração daquele pobre homem viúvo. Ele estava só. A solidão pode ferir a alma como uma lança. As pessoas que passavam por ele, muito apressadas e ocupadas com suas tarefas diárias, não notavam que, naquele lugar, algo precisava ser resgatado. E Alice sentiu um sentimento novo: compaixão.

Chegado o dia da véspera de Natal, a animação na casa de Alice era total. A família em alvoroço, para lá e para cá, muita alegria e animação. A ceia estava posta na mesa. Todos se sentaram, até que... *toc toc toc!*

— Boa noite, posso entrar? Alguém me convidou para esta ceia! — disse um alegre confeiteiro, dando uma piscadinha na direção de Alice, que correu em sua direção para abraçá-lo.

Todos cearam juntos, apreciando um banquete delicioso, compartilhando entre si aquilo que tinham de melhor. E trocaram sorrisos, carinhos e presentes.

Amanheceu o dia seguinte, dia de Natal. Alice e sua família estavam caminhando até a igreja mais próxima, para assistir à missa, quando se depararam com a vitrine mais bela que já tinham visto. Nela reluziam cores vibrantes, lindos enfeites e… um anjo dourado que era uma beleza!

E assim foi o Natal mais surpreendente da vida de Alice. Uma experiência a ser compartilhada com todos, para que saibamos “que é o amor que move o sol e as demais estrelas”.

O VESTIDO BRANCO

Verônika Andrade

Lúcia já estava se olhando no espelho havia algum tempo, admirando o vestido branco que a acompanharia na celebração do Natal. Sua mãe bateu à porta do quarto, sugeriu que ela descesse para brincar com os irmãos e expressou seu encantamento.

— Quando usava essa roupa, sua irmã também ficava linda como você está.

Embora o traje não fosse longo, a pequena Lúcia o segurava como se quisesse impedir que as barras alcançassem o chão. Degrau por degrau, seus pés tocavam a velha escada de alvenaria enquanto ela observava o movimento da família no andar de baixo.

Da cozinha, a mãe pediu ajuda com o bolo que estava no forno:

— Glorinha, corre aqui. Estou mexendo a panela.

Glorinha deixou seu livro no sofá e se dirigiu à cozinha.

— Fique tranquila, mãe! Eu cuido de fazer a calda e esconder o bolo antes que os meninos resolvam comê-lo antes da ceia — disse, sorrindo. Os brigadeiros não tiveram essa mesma sorte.

As duas gargalharam.

Atrás da árvore de Natal, Félix tentava reparar o embrulho de presente aberto às escondidas para que ninguém notasse sua travessura. Com o dedo sobre a boca, fez sinal de silêncio para que o irmão menor não contasse a ninguém sobre seus feitos. Daniel ria sem parar olhando para Félix, e ninguém além de Lúcia, que observava tudo da escada, sabia o que divertia tanto os garotos.

O pai entrou na casa carregando um pacote.

— Consegui uma estrela para o topo da árvore. É simples, mas vai embelezar o nosso Natal.

Daniel pulou no colo do pai enquanto Félix pegou o pacote e começou a abrir. O pai deu um beijo em Daniel, olhou para cima e chamou a filha.

— Venha, Lúcia! Vamos colocar a estrela na árvore.

Ela sorriu e adiantou a descida.

O pai se dirigiu aos fundos da casa.

A menina se sentou no sofá para esperar o pai e logo Duque arranhou as patas no forro até conseguir subir, sem abandonar o osso de borracha que carregava entre os dentes. Condessa seguiu o exemplo e pôs-se no colo da menina ronronando.

Diante da árvore, Lúcia percebeu algo novo. E não eram somente os presentes. Em lugar de destaque, havia uma decoração bonita com bonecos de barro: um bebê num cocho com os pais ao lado, três homens carregando presentes, ajoelhados aos pés do menino e animaizinhos alegres compondo o cenário. Ela estava concentrada quando foi interrompida por Glorinha.

— Lucinha, ponha o livro sobre a estante, por favor. Esses bichos são tão traquinas quanto nossos irmãos.

Ao olhar para o lado, a menina encontrou o livro da irmã, com um marcador de página. Abriu no lugar sinalizado e viu reproduzida a mesma cena retratada sob a árvore na sala de casa. Foi então que se lembrou da Madre Eulália falando do Menino Jesus, um ano antes. No orfanato não havia bonecos de barro, mas o Menino Jesus era sempre lembrado.

Olhando atentamente para aquelas imagens, Lúcia se viu naquela cena. Ela se reconheceu na simplicidade do menino, deitado num cocho e nascido sem posses. Mas, assim como o menino, agora ela tinha uma família ao seu redor, bichinhos alegres e até recebia presentes.

— Agora, sim, essa árvore vai ficar como o Menino Jesus merece — disse o pai, trazendo a escada. — E como nós merecemos também.

Àquela altura, Félix já segurava a estrela, fascinado com o tamanho dela.

— Lúcia, quer ajudar com a estrela? — perguntou o pai.

A menina ficou surpresa. Não imaginava que seria logo ela, a mais nova integrante da família, quem teria a honra de coroar a árvore com um componente tão importante. Ela assentiu com a cabeça e sorriu, sem conseguir disfarçar a alegria. A mãe e Glorinha, que estavam acomodando a comida sobre a mesa, vieram da cozinha para presenciar o momento. O pai colocou a criança no degrau mais alto e lhe entregou a estrela.

De cima da escada, ela percorreu o ambiente com os olhos e entendeu que estava recebendo tudo o que sempre sonhou. Olhou para o topo da árvore e esticou suas mãozinhas para posicionar a estrela. Quando encaixou o objeto em seu lugar, a estrela desprendeu uma quantidade de brilho que se espalhou sobre o vestido branco sem que a menina notasse. A família aplaudiu alegre o cumprimento da missão dada a Lúcia. Era chegado o momento da ceia.

A mãe deu um abraço amoroso e um beijo na menina.

— Sou muito feliz por ter você e toda nossa família.

— Eu também, mamãe — respondeu, ainda emocionada.

Famintos, os meninos correram e se acomodaram perto da bandeja com o frango. Glorinha acalmava-os para que esperassem os outros e pudessem orar juntos. O pai pegou a menina pela mão e a conduziu à mesa.

Antes de se sentar, ela olhou para o vestido mais uma vez, cuidando para que ele não ficasse sujo pela comida. Então, notou que ele estava coberto do brilho dourado da estrela. Rodopiou em comemoração. Aquele vestido carregava um novo aprendizado sobre o Natal: de que a vida é iluminada pela simplicidade do amor.

Olhou para o presépio montado perto dos presentes. Ninguém além da menina reparou, mas ela viu que o Menino Jesus também estava muito feliz.

DOUTOR VICTOR – O BOM VELHINHO

Victor Rodrigues dos Santos Filho

Se meu pai estivesse vivo em 2 de fevereiro de 2022, faria cem anos, viveu oitenta e nove anos e se foi, nos deixou saudades. Era um pai presente e adorava seu trabalho, amava sua profissão de advogado, tinha orgulho de ser servidor público, trabalhava na área jurídica da Marinha.

De família humilde do subúrbio de Bento Ribeiro, ao ver um filme que as pessoas idosas estavam estudando, saiu determinado a voltar para os estudos. Até que passou na prova e chorou como criança ao ver seu nome na lista dos aprovados. Teve cinco filhos: um do primeiro casamento em que se tornou viúvo e outros quatro de seu relacionamento com minha mãe.

Era um amante do futebol, seu time do coração era o América. Ia e levava seus filhos ao Maracanã nas fases decisivas de qualquer time, cada um de nós tem um time diferente dos quatro grandes. Nunca nos faltou nada e, na hora de jantar, a família toda se reunia, todos tinham seu lugar fixo na mesa. Era um momento alegre, contávamos piadas, falávamos do assunto do dia, depois víamos juntos o jornal e a novela.

Em determinados dias, ele trabalhava até às três, com sua máquina que parecia uma metralhadora. Recebia inquilinos, porque administrava imóveis de um português que tinha várias casas, e sua sala era o local de pagamento.

Não consigo me esquecer das datas comemorativas: ele nos dava presente nos aniversários, dias das crianças e Natal. Enfeitava e botava no disco de vinil as músicas natalinas, fazia a gente esperar o Papai Noel até ficarmos com sono e, no apagar das luzes, como num passe de mágica, os presentes estavam em volta da árvore de Natal próxima à mesa farta, era uma alegria só. Era tudo mágico, mesmo quando descobrimos, num outro Natal, que o bom velhinho na verdade era ele.

Tinha seus defeitos, como todos temos. Sobre meu pai e suas histórias são inúmeras as situações, com certeza, sobre ele há várias para contar. Que Deus o tenha em bom lugar, resta a saudade de escutar sua voz nos chamando no portão: "Vitinho, Daniel, Danilo, Danielle", era a certeza de um abraço e um monte de doces a nos alegrar.

Com gratidão no coração, Vitinho.

DOCE CELEBRAÇÃO

Wanda Rop

Nas brumas douradas do Natal
Lares enfeitados, luzes cintilantes
Carinhos e sorrisos, puro amor fraternal
No encanto das estrelas e no céu brilhante

O lar se aquece em risos, ternura e amor
Em laços familiares, a união é forte
No abraço apertado, no olhar que reluz
Na magia do afeto que a todos conduz

A essência do Natal nos transforma
Sublime celebração, amor vibrante
Nas asas da esperança, coração radiante

Sentimento que transcende, suave orvalho
Essência divina, fé em intensidade
Natal, doce aroma de felicidade

LUZES DE NATAL

Yael Lyubliana

O que me dizem as luzes de Natal?
A princípio me enchem a alma
e me trazem beleza.
Depois me colocam em um lugar,
lugar que já estive...
Quentinho e confortável.
Depois me trazem de volta,
E assim...
Me entregam saudade.

Gostaria de povoar todos os meus natais
com as lembranças mais felizes.
Afinal, quando estive criança,
todos os meus amores estavam lá.
Eu era leve e inocente.
Papai Noel existia e eu pensava que ninguém sofria.

Gostaria de povoar minha alma
com os melhores sentimentos natalinos.
E trazer apenas soluções
e farturas para todas as mesas de Natal.
Abolir a saudade.
Cantar todas as cantigas em paz.
Celebrar o Menino Jesus.
Brindar com todas as taças.

E agora, o que me dizem as luzes de Natal?
Voltam a encher minha alma
e dizem, sem complicação:
"É Natal e nós, as luzes,
podemos povoar sua alma também
como novas lembranças e novos natais."